テイルズ オブ エターニア

——vol.1 南海の大決戦!

川崎ヒロユキ

集英社スーパーダッシュ文庫

テイルズ オブ エターニア
——vol.1 南海の大決戦!

CONTENTS

スーパーダッシュ

表紙イラスト
原画　前田明寿
背景　高山八大
仕上　土屋智

口絵イラスト
原画　丸山隆
背景　高山八大
仕上　ジーベック

本文挿絵　加藤初重

テイルズ オブ エターニア

――――vol.1 南海の大決戦!

かつて戦乱があった。
のちに《極光戦争《きょっこうせんそう》》と呼ばれたこの戦乱は
異なる神をたてまつるインフェリアとセレスティア
ふたつの世界のあいだに勃発《ぼっぱつ》したものである。
百年にわたる戦いのすえに《極光戦争》は終結をむかえ
その後、インフェリアとセレスティアの交流はとだえたまま、現在《いま》にいたっている。
そして、今……
ふたつの世界は近い将来滅亡するという。
その危機を救うべく立ち上がったのは——名もなき四人の若者であった。

第一章　対面する世界

1　旅の途中で

ファラ・エルステッドは夢を見ていた。

旅のはじまりとなった、あの日のことを——

故郷《こきょう》のラシュアンの村。そのはずれにある見晴らし台にファラは来ている。

彼女はここでリッド・ハーシェルと対面をはたしていた。

「どう、今日は獲物《えもの》はいっぱいとれた？」

「今日、必要なぶんをとるだけだ。別に苦労はしねぇよ」

ひさしぶりの対面だったが、ふたりの口ぶりは、まるで毎日のように顔をあわせているかのようだった。

それもそのはず、ふたりは幼《おさな》なじみなのである。

ファラは今年で十七歳。働きもので正義感がつよい。

おまけに——女らしいその見た目からは想像しがたいことだが——格闘術にたけていた。

リッドは十八歳。我流ではあるが得意の剣術で猟師《りょうし》をしている。

いつも自然体で、自分にあたえられた役割だけをきっちりとこなす青年だった。

「で、今日はどうしたんだ？　サボリか？」

たずねるリッドにファラが答えて、

「サボるわけないでしょ！　空のようすが変だから、ちょっと見にきたんだよ」

「空？」

リッドは空を見上げた。

ぬけるような青空には、ちぎれた真綿《まわた》のような雲がゆったりと浮かんでいる。

いつもとかわらぬ景色に思えた。

だが、ファラはそうは感じてはいなかった——

「さいきん色がおかしくない？」

「そうか？　あんまし気にしねぇからな」

「ぜったいおかしいよ！　なにかが起ころうとしているのかも……」

ファラの口調にはどこか期待がこめられていた。

村の暮らしに不満があるわけではない。

むしろ素朴《そぼく》ながらも満ち足りた暮らしだった。

だが、平穏《へいおん》で満ち足りた暮らしはときに退屈《たいくつ》でもある。

正義感と強さと若さをもちあわせたファラは冒険を求めていた。

「なにかって、なんだよ？」

「たとえばセレスティアからなにかが降りてくる、とか！」

ファラの答えにリッドは思わず呆《あき》れ顔となって――

「嬉《うれ》しそうに言うなよ。セレスティアだぞ。落ちてくるものなんて災《わざわ》いに決まってんだろ」

「なんでわかるの？　二千年ものあいだ、交流がとだえている世界なんだよ」

ファラは真上を見て言った。

そこにはセレスティアがあった。

世界はふたつの地表が平行にむかいあっている。

対面する世界のいっぽう——今、リッドとファラがいるのはインフェリア。

空の青にとけこむようにうっすらと見えるのがセレスティアである。

ふたつの地表はオルバース界面という半透明の境界面によって分断されていた。

インフェリア人にとってセレスティアは災いの源《みなもと》とされている。

いくらファラが冒険を求めていたとしても、セレスティアからなにかがもたらされることを期待するのは、危険がすぎるというものだ。

リッドもそう考えたようで——

「冗談じゃないぜ。とにかく、なにも起きないのが一番なんだよ。なにも変わらないことがほんとうの幸せってもんだ」

「でた、リッドぶし！　あいかわらずだね」

「うっせーな。誰かさんのおこす騒動にさんざん振りまわされてきたから、こういう考えにいきついたんだ」

だが、ファラは答えず、空を見上げている。

言葉がすぎたかと思うリッドだったが、ファラは怒っているわけではなかった。

彼女は空を指さして――

「ねえ、あれ、なんだろう？」

空にポツリと輝く点があった。

その正体はわからない。いや、それがなにかを考える暇《いとま》もなかった。

光はまっしぐらに、それもものすごい速さで、こちらに向かってきたのだ。

「やべえ！　ファラ、逃げろ！」

リッドが叫《さけ》んだ次の瞬間、ファラの視界が白い光でいっぱいになった。


光はやがておさまり――ファラは目をさました。

「ファラ、ちょっとうなされてたよー。大丈夫か？」

心配顔で話しかけてきたのは、メルディだった。

褐色《かっしょく》の肌《はだ》に、奇妙なイントネーション。額《ひたい》にはエラーラとよばれる発光器官を持っている。

これらはすべて彼女がセレスティア人であることの証《あかし》である。

「わたし、いつのまにか眠ってたんだね」

身をおこしたファラはまわりの景色をながめて言った。

周囲にはみわたす限りの草原が広がっている。

見晴らしが良いのは、彼女たちが古い遺跡《いせき》の上にいるからだ。

まだ心配そうにこちらをうかがうメルディに、ファラは笑顔を浮かべて——

「大丈夫だよ。夢、見てただけだから」

「それってこわい夢か？」

「ううん、そうじゃなくて……メルディに初めて逢《あ》った時のことを、夢に見てたんだよ」

そう言うとファラはしみじみとした顔になる。

あの時、セレスティアから落ちてきたのは、目の前にいるメルディだったのだ。

「今から思うと、わたしたちの旅って、あの時から始まってたんだよね……」

「メルディ、あの時がコト、よく覚えてるよ。言葉通じなくて、とても困ったよー」

「こっちだって」

笑顔を交わす二人の前に、奇妙な小動物がやってきた。

「クイック～！」

「どしたか、クィッキー」

この小動物はメルディのペット、クィッキーだ。

クィッキーは向こうをしめす。

ファラたちのいる場所からそう遠くない丘の上に、苔《こけ》むした遺跡があった。

その上では、リッドがごろりと寝そべっていた。

「おいリッド、なにをしてる？」

そう訊《たず》ねたのは、長い髪を束《たば》ねた青年である。

キール・ツァイベル、十七歳。彼もまたリッドとファラとは幼なじみであった。

知的探求心が旺盛《おうせい》で、飛び級で大学生になったぐらいだからかなりの知恵者であるが、その代わりに運動神経はゼロ。しかも、学者にありがちな完全主義者で自信過剰のガンコ者である。

「おいリッド、ぼくの質問に答えろよ。なにしてるんだ？」

「うるせえな。なにって、見ればわかるだろ。空を見てるんだ」

いつもとかわらぬ空だった。

雲はゆるやかにながれ、その合間から、うっすらとセレスティアが見え隠れしている。

「こうして空を眺《なが》めているとさ、もうすぐグランドフォールが起こるだなんて、信じられねぇぜ。ホントに起こるのか、あんなすげえコトが」

「認識が甘いな、お前は。グランドフォールは近い将来かならず起こる。それは学術的見地からも間違いない。そもそも均衡《きんこう》が崩《くず》れる原因としては、グロヒュール歪曲《わいきょく》についての基礎知識から説明しよう……」

ここからしばらく、キールの学術的にはとっても重要だが一般的にはどうでもいいおしゃべりがつづくのであるが……ここではその時間を利用して、グランドフォールについてかんたんに説明しておこう——


そもそもグランドフォールとは、対面世界であるインフェリアとセレスティアがしだいに接近し、衝突する現象である。もし、そんなことが起きれば、ふたつの世界は滅亡してしまう。

メルディがインフェリアにやってきたのは、この危機をしらせるためだったのだ。

メルディによればグランドフォールを食い止める方法はただひとつ。

それは大晶霊《だいしょうれい》を集めることだ。

大晶霊とは、万物にやどる精霊、すなわち晶霊をしたがえる高位の存在である。

晶霊は知能をもたず、大きさや形もいろいろである。

対して大晶霊は人間に似た姿をしており知性をもっている。

彼らは人とちがう世界に生きており、めったなことでは対面は果たせない。

インフェリアに生息する大晶霊はぜんぶで四種。

すなわち、火、水、風、以上の根元晶霊と、それらを統括《とうかつ》する光の大晶霊である。

リッドたちはこれまでに火の大晶霊、水の大晶霊、風の大晶霊と契約をかわしていた。

あとは光の大晶霊だ。

かくしてリッドたちは光の大晶霊が棲《す》むというファロース山へと向かっていたのだった。

——お、どうやらキールの講釈《こうしゃく》が終わりに近づいたようだ。

「……カロリック流動による局地的な晶霊場の応力がオルバース界面にドカタータ作用をもたらすという逆説的見地もまた否定できないのさ……って、ちゃんと聞いているのか、リッド」

「あ？」

あっけらかんと答えたリッドに、キールはうんざりとした顔になって——

「まあ、いいさ。ぼくの学説が理解できるほど、君の知能は高くないだろうから」

いやみたっぷりのキールの言葉を、リッドは草原をかけぬける涼風にたくして、どこ吹く風で空をながめている。

風にのってファラの声がリッドの耳に届く——

「リッド、キール……休憩はこれぐらいにして、そろそろ出発しようよ！」

声をはりあげるファラの横では、メルディが手をふっていた。

2　ふたりの少女

夕刻になって、リッドたちは小川のほとりで野宿をすることにした。

ファラはなれた手つきで荷をほどきながら、

「さあ、晩ごはんにしよう！　メルディ、お水汲《く》んできて」

「はいな！」

「キールとリッドは薪《まき》を……」

言いかけたファラは思わずキョトンとなった。

リッドが険しい顔で近くの林をじっと見詰めていたのだ。

「なにしてんだろ、リッドったら？」

そう感じたのはファラだけではなかった。

キールもまた怪訝《けげん》な顔となって、リッドにたずねる――

「どうしたんだ、リッド？」

「なんか知らねえけど、誰かに見張られている気がすんだよな」

「誰かって？」

「そいつはオレにもわからねえ。だけど……森で獲物をおっていると、自分が獲物になるときがある。相手は大きな獣《けもの》やモンスターのたぐいだ。奴らに狙われているときとおなじ空気を感じるんだ」

「狩りの達人とやらの勘か？　ぼくは学問専門だからな。学術的に証明できないものは一切信じない。まぁ長旅の疲れでも出たんただろうよ」

キールは小馬鹿にしたような口調でその場をあとにした。

リッドはまだ気になるのか、弄《もてあそ》んでいた石を茂《しげ》みの中へと放り込んだ。

と、その時――――！

「あッ！」

響く叫び声にリッドはビクッとなる。

だがその声は木立の中から聞こえたものではない。

荷ほどきをしていたファラの叫び声だった。

「ない！　エッグベアの干し肉がなくなってる！　あれって今日食べようと思ってとっといたのに！」

ファラは集まってきたリッドたちをジロリとにらんだ。

メルディがあわてて首をふって――

「メルディ知らないよー」

キールもおびえながら――

「ぼくが盗み食いをするなど、あり得ない話だ」

メルディの肩に乗ったクイッキーまでもが――

「クイクイ、クキ～！」

自分も知らないと必死でアピールしていた。

「ということは……」

ファラはギロリとリッドを睨《にら》んだ。

リッドはその視線におびえながらも――

「いや、昨日の夜、すごく腹が減ったもんだから、一口だけと思って食べたらこれがまたウマくってさあ」

リッドという男は、こと食べ物にかんしては節操《せっそう》がなかった。

食べ物は食べられる時に食べる、それがリッドの主義だった。

その日暮らしの猟師の生活が、その考え方の基本にある。

もっとも、そういいった考え方に理解をしめすほど、ファラの心は広くはない――

「やっぱり……つまみ食《ぐ》いはダメだっていつも言ってるでしょ。もう頭にきた！」

ファラは得意の格闘技でリッドに襲いかかる。

「えいっ！　とうっ！　やあっ！」

繰り出されるパンチやキックは女の子とは思えぬ鋭さをそなえていた。だが、対するリッドも剣の達人だ。相手がファラなので剣こそ抜かないが、かるい身のこなしでうしろにさがりながら、攻撃をたやすくかわしてしまう。

それでもファラのいきおいにおされて、リッドは崖《がけ》の端においつめられた。

もはやうしろに逃げることはできない。

「おいファラ、いい加減にしろよ、あやまるからさ」

「いまさら遅いよ！　てやあ〰〰っ！」

いまがチャンスと宙に舞い、キックをくりだすファラだったが——あろうことか狙《ねら》いをはずしてしまい、崖の向こうへ飛び出してしまった。

「あぶない！」

とっさにファラの腕をつかむリッドだったが、今度はその足下が崩れた。

「うわわわあああ〰〰〰っ！」

「きゃあああああ〰〰〰っ！」

もつれあってふたりは崖から落ちた。

さいわいなことに、崖は6・5ランゲほどの高さしかなかった。

ちなみに1ランゲは30センチメートルである。

「いったぁ〜」

背中から落ちたファラは目をあけておどろいた。

リッドが馬乗り状態になっていたのだ。

リッド自身も驚いているらしく、

「あ……」

と小さく声をあげている。

それでもファラを気づかって――

「だ、大丈夫か？」

ファラはにっこり微笑《ほほえ》むと、リッドの襟首を摑《つか》み、グイッとその身を引き寄せる。

「いッ⁉」

「それって人を下敷きにして言うセリフ？」

ファラは身をひるがえすと立ち上がり、一本背負いの体勢に入った。

「わわわっ、ま、待てっ！」

「問答無用！　え〜〜〜い！」

「うわあ〜〜〜〜〜〜〜〜っ！」

リッドの身体が宙を舞った。

それから、すこし時がすぎて――リッドたちのいる小川のほとりのほど近く、緑あふるる森の景色に、調子っぱずれのリュートの音色がひびきわたった。夕日に照らされた森の美しさもぶちこわしである。
つづいて聞こえてきたのは、リュートのしらべ以上にうわずった、少女の声である——
「おお、母なる我が大地よぉ〜っ
のっぴきならない事情があってぇ〜っ
我はいざなう、若き旅人をぉ〜〜〜っ！」
どうやらこれは詩のようである。
すくなくとも本人はそう信じている。
その本人とは——コリーナ・ソルジェンテという。
亜麻《あま》色の髪につぶらな瞳。黙ってすわっていれば、そこそこにかわいい女の子である。
だが、ひとたび口を開くと、これがいただけない——
「おお〜〜〜っ……いてっ、急に大声でしゃべったらベロ噛《か》んぢったです」
ドジな性格がそのまま言葉に出てしまうのだ。
彼女は森でいちばん高い樹にのぼっていた。
「お！　ありは！」
眼下をながめて身を乗り出した。

そこには、剣を手に走るリッドの姿があった。

「待てッ！」

リッドは獲物を追っていた。

狙うはホワイト・ウルフだ。

リッドは今夜のおかずをひとりでとってくるようファラに命令されたのである。

「ファラの奴、獲物とってくるまで帰ってくるな、とか抜かしやがって」

ボヤくリッドの目の前をホワイト・ウルフがよこぎる。

「おわ！」

おどろくリッドを尻目に、ホワイト・ウルフは近くの大木へ駆け上がる。

リッドは剣をおさめると、大木の幹を渾身《こんしん》の力で蹴りつける。

だが、落ちてきたのは、ホワイト・ウルフではなくて——

「ひえええええ〜〜〜〜ですぅ！」

コリーナだった。

「いッ!?」

リッドが目を丸くした次の瞬間——

ドテボキグシャッ！

リッドの目に星が飛んだ。

いっぽう、落ちたコリーナはなぜか無傷でキョトンとして――

「あり？　なにゆえわたしは無傷です？」

とひとりつぶやき下を見てギョッとなる。

リッドが自分の下敷きになっていた。

しかもその顔面は自分のお尻の下にあった。

スーッと青ざめたコリーナがすぐにカーッと赤くなって叫ぶ。

「ぎょええええ〰〰〰っ、ですぅ！」

猛ダッシュで逃げようとしたその時だった。

目の前にホワイト・ウルフが現れた。

「えっ!?」

次の瞬間、ホワイト・ウルフがコリーナに襲いかかる。

叫ぶひまとてなく、コリーナは思わず目をぎゅっとつぶった。

「魔神剣！」

リッドの叫び声と共に、耳元ですさまじい音がした。

そして、静けさがおとずれた。

おそるおそる目をあけると——

そこにはたくましい青年の後ろ姿があった。

「！」

リッドがコリーナのたてとなって、ホワイト・ウルフに一撃を加えたのだ。

急所をつかれたホワイト・ウルフはその場にドサリと倒れる。

「大丈夫か？」

ふりむきたずねるリッドに、コリーナはうわずった声で答える。

「は、はいです！」

リッドは笑顔でうなずいた。

これが、のちに運命の出会いとなることを、リッドはまだ知らない。

リッドは、なれた手つきでしとめた獲物に縄をかけている。

そのかたわらではコリーナがひとりでしゃべくっていた。

「わたしはコリーナ・ソルジェンテという美しき吟遊詩人《ぎんゆう》で、歴史にのこる詩を詠《よ》むのがわたしの夢なんだそうです」

「それで？」

べつにリッドは興味があって聞きかえしたわけではない。

けれどコリーナはここぞとばかりに身をのり出した。

「さきほどのあなた様の太刀《たち》さばきを見てわたしは思いましたです。あなた様のよーなお方は将来きっと歴史に残るえらい人になるだろうと……そこでわたしは考えたです。あなた様のおそばにいれば、歴史にのこる詩を詠《よ》めるかもって——というわけで、私をお供にーてくださいです」

ペコリと頭をさげたコリーナだがリッドの返事は、ない。

顔をあげてみたらリッドが目の前にいなかった。

「あり？」

むこうに獲物をかかえて去っていくリッドの姿があった。

あきらめきれないコリーナは、リッドに駆けより、かかえた獲物をむんずとつかむ。

「おわっ！」

思わずのけぞるリッドは、ちょっとムッとして――

「お前なあ……」

「あなた様のような将来有望なるお方に、ぜひとも詩を捧げるです」

コリーナはうるんだ瞳でリッドをみあげてポツリとたずねる。

「だみ？」

ちゃんと話をしないとあとあと面倒なことになる。

そう考えたリッドは、あまり得意ではないのだが、自分の気持ちを正直に語ることにした。

「いいか、オレは歴史に残るえらい人なんかにならねぇし、なる気もねぇんだ。だから、オレのそばにいても、歴史に残る詩なんか作れやしねぇぜ」

笑顔で答えるリッドには、欲のない、自然な優しさがみちていた。

じっと考えたコリーナは、にっこり微笑んでこたえる。

「わかったです。それじゃ、ひとつだけお願いをかなえてください」

「お願い？」

「はいです。あなた様のお名前をおしえてほしいです」

「なんだ、そんなことか。オレはリッド――リッド・ハーシェルだ」

「リッド様、ですか。なんだかステキなお名前です」

「そうかな」

「そりではリッド様、旅は道つれ世はなさけ。道中お気をつけて。さらばです！」

コリーナはそう言いのこして、森の中へときえていく。

見送るリッドは、不思議と安らいだ気持ちになっていた。

まるできびしい狩りの途中で、野に咲く小さな花を見つけたような、和《なご》やかな気分だった。


リッドがファラたちのところに戻ったころには、日はとっぷりと暮れていた。

月明かりをたよりにしてすぐに夕食のしたくがはじまる。

リッドが獲物をさばいているあいだに、ファラとメルディが火をおこす。

こういう時にたよりにならないのが学問を専門と自負するキールである。

あれこれ口ははさむのだが、なにかと理由をつけて仕事をしないのだ。

それでもみんなが文句を言わない。

手伝ってもらうとかえって仕事がふえてしまうからである。

ファラたちが奮闘《ふんとう》することしばし——ついに今夜の食事ができあがる。

「いただきまーす！」

ファラの声を合図にみんなが食事をしようとしたその時だった。

「待て！」

リッドが鋭い声でみんなを制止すると、周囲に注意をはらう。

「どうしたの？」

リッドのただならぬ様子にファラがたずねた。

「殺気を感じる。誰かが俺たちを狙っているんだ」

「バイバ！　ほんとうか？」

メルディがおびえてファラに身をよせる。

「気のせいじゃないのか？」

キールも緊張して声がふるえている。

リッドはうなずくと剣を手に立ち上がった。

声が響いたのは、その直後だった――

「リッド・ハーシェル！」

その声の主は、皮のマントに身をかくしていた。

背格好からして、どうやら女性のようだ。

彼女はマントを脱ぎすてる。

銀色の月光に照らされてその姿があらわになる。

美しい女だった。

衣服こそ男のようないでたちで、手には剣まで持っていた。

だが、まるで何者かの手によって創《つく》り出されたような、均整《きんせい》のとれた美をたたえていた。

ファラたちはそんな相手の姿に言葉を忘れる。

だが、リッドだけは別だ――

「何者だ！」

女は冷たい微笑を口元にたたえて、その問いに答える。

「マローネ・ブルカーノ……賞金稼ぎだ」

「賞金稼ぎ？」

「リッドよ、貴様の命、貰《もら》いうける！」

そしてマローネは、剣を夜空に高く振り上げて叫ぶ。

「魔神剣《まじんけん》！」

声と共にマローネは剣をふりおろした。

刹那《せつな》、剣よりはなたれた凄《すさ》まじい閃光《せんこう》が、空気をふるわせながらリッドたちを襲う。

それは剣の達人であるリッドと同じ技だった。

ファラが思わず息を飲む。

メルディは恐怖に目をつぶる。

キールも絶句するしかなかった。

リッドとて、技をかわす暇はない。

次の瞬間、一同は強烈なパワーの直撃を受け、叫ぶ間もなく閃光に飲みこまれた。

第二章　海の上の賞金かせぎ

1　リッド強奪

マローネの魔神剣を喰《く》らったファラはようやく意識を回復した。

かたわらにはキールとメルディが気をうしなって倒れている。

「キール！　メルディ！」

ふたりの名前を呼んで、ファラはハッとなった。

リッドの姿がどこにもないのだ。

「あの男のことは忘れろ」

その声にふりむくと——マローネの姿があった。

「あなたは！」

全身の痛みにたえて、ファラは立ち上がると――

「リッドをどこにやったの！」

険しい顔で身がまえた。

しかしマローネは、そんなファラを相手にもしないといった様子で、

「貴様ごときの力量では、リッドにふさわしくない。力なき者がそばにいてはあの男の腕も活《い》かせんだろう。だからこの男の事は忘れろ。それがリッドのためだ」

「勝手なこと言わないで！」

ファラがマローネに襲いかかろうとしたその時だ。

「バロッサ！」

近くの木立から、一匹の翔竜《ドレイク》がおどりでた。

バロッサというのはマローネがつけた名前だ。

彼女にとってバロッサは、愛馬にひとしい存在だ。

その背には――気絶したリッドが乗せられている。

「リッド！」

ファラの叫びがバロッサの咆哮《ほうこう》にさえぎられる。

マローネは軽やかな身のこなしでバロッサの背に飛びうつった。

「待って！　リッド！　リッド〜〜〜ッ！」

追いかける手だてのないファラはただ叫ぶしかない。

リッドとマローネ、ふたりを乗せたバロッサは夜空の彼方《かなた》へ飛んでいく。

呆然と立ち尽《つ》くすファラの耳に、目を覚ましたキールの弱々しい声が聞こえる——

「ファラ……」

キールはダメージに顔をゆがめながら身を起こして、

「あのモンスターは獰猛《どうもう》な性質で知られるドレイクだ。あんなモンスターを飼いならすとは……マローネとかいう女、ただ者じゃないぞ」

キールの言葉にファラが不安をつのらせる。

あのマローネとかいう女は、リッドをどうするつもりなのだろうか。

リッドは強い風を肌《はだ》に感じて目をさました。

あれから俺はどうしたんだろう？

まだぼんやりとした頭で考えて——ギョッとなる。

自分がものすごい高いところを飛んでいることに気付いたからだ。

「ひえええぇ〰〰〰っ！」

眼下には、夜明け間近の大海原《おおうなばら》がひろがっていた。

リッドはようやく、自分がバロッサの背中の上にいることを理解する。

「目が醒《さ》めたか」

「おまえは……」

「マローネ・ブルカーノ。モンスター退治が専門の賞金かせぎだ」

「オレをどうするつもりだ」

「おまえの腕に惚《ほ》れた。今日からおまえは私の相棒だ」

「相棒だって!?　勝手に決めんな！　オレは旅の途中で——」

マローネはニヤリと微笑《ほほえ》むと、手綱《たづな》をグッとひいた。

それを合図にバロッサが咆哮《ほうこう》をあげる。

そして、右に左に、不規則な飛行をはじめたからたまらない。

「うわわわっ！　お、落ちる！」

さすがのリッドも、空の上ではどうすることもできない。

おもわずマローネの腰のあたりにしがみついて、ようやく一安心する。

「わかっただろう。私からは逃げることは出来ない。よく覚えておけ」

リッドはムッとなって言い返そうとしたが、ここはグッとこらえた。

さっきの曲芸飛行をまたやられたら、たまったものではない。

それに……地上におりたらこっちのものだ。

逃げるのはその時だ。

そんなリッドの思いを知ってか知らずか——マローネは革袋《かわ》をたぐりよせると、

「喰《く》うか？」

差し出したのは、エッグベアの干し肉である。

リッドはそっぽを向いた。

しかし、体は正直である。

夕食を食べそこねていたリッドの腹の虫がグルルルと答えてしまったのだ。

「あ……」

マローネはプッと吹き出すと、リッドの鼻先に干し肉をつきつけて、

「ほら」

リッドは照れもあって、奪い取るようにして干し肉を受けとった。

マローネはそんなリッドがおかしくてたまらないといった様子である。

リッドはますます腹が立ってきて、

「なんだよ、なにがおかしい！」

「笑うのはこっちの勝手だ」

マローネはサラリとかわしてバロッサの手綱さばきに集中する。

相手をうしなったリッドは、干し肉をかじりながら、マローネをよく観察することにした。

彼女には隙《すき》がなかった。

おそらくは剣の使い手としてはなかなかの腕前なのだろう。

だが、はじめて出会った時のような殺気だった雰囲気は今はない。

飄々《ひょうひょう》たる態度のなかに、諧謔《ユーモア》を解する大人びた余裕がみてとれる。

どうやら悪い奴ではなさそうだ。

リッドがそう感じた時――マローネがふいにこちらを見て言った。

「あれを見ろ」

マローネが東の空を指さした。

おりしも縹《はなだ》色にそまった空に、朝日がのぼろうとしている。

ゆったりと流れる雲が、下からの陽光に照らされて、金色に輝いていた。

「すげえ！」

リッドはすなおに感心した。

見ているあいだにも、雲はますます輝きを増していく。

「俺、いつも空を見ていたけど、こんなの初めてだぜ」

「私は空にいるのが好きだ。雲とおなじ高さにいると、いやなことを忘れることができる」

「いやな思い出？」

「いろいろあるさ。生きていればな」

そう言うとマローネは、はるか前方を示して――

「あそこだ」

そこには、朝日に照らされてキラキラと輝く海に浮かぶ、諸島の風景があった。

「あれが目的地――海上都市ベルカーニュだ」

2　海上都市ベルカーニュ

海上都市ベルカーニュは、主都ベルカ島を中心とした海上都市である。
ベルカ島の周囲には、多くの島があった。
それぞれの島では、農業、商業、手工業などの産業がおこなわれている。
これらの産業はいずれも高度に発展していたために他の都市への依存度は低い。
そのためインフェリア国内において独自の文化を形成しているという。
ベルカ島のうえをバロッサは低空で飛んだ。
リッドは眼下の景色に目を輝かせる。
見たこともない南洋植物の緑が目にまぶしかった。
あちこちでひらかれている市場はどこも活気にみちている。

「これがベルカーニュか。キレイな町だな」

「近海をいきかう船乗りのあいだでは、水や食料を補給するだいじな島だ。それにこの美しさをもとめて遊びにくる者も少なくないそうだ」


マローネはバロッサを島でいちばん大きな建物へと降下させる。

その建物は海上都市ベルカーニュを統括する領主館である。

マローネは領主館の執事たちに、自分の身分と名前をあかし、領主との謁見《えっけん》をもとめた。

ほどなくその願いがかない、マローネとリッドは、領主館の大広間へ通される。

そこには領主の姿があった――

「ようこそ、ベルカーニュへ。私が領主のエクスシアです」

領主の席に座したエクスシアは、褐色《かっしょく》の肌をした女性であった。

金色の髪をたばね、微笑をたたえたその顔は、知的な美しさにあふれている。

「あなたたちが《海の悪魔》を退治してくれるという勇者たちですね」

マローネは頭をたれて答える――

「はい、そうです」

「海の悪魔って？」

小声でたずねるリッドの頭を、マローネは黙れとばかりに強引に下げさせる。

エクスシアは憂《うれ》いの色をうかべて――

「海の悪魔はおそらくはモンスターの類《たぐ》い……でも、その正体を知る者はいません。なぜなら出会った者はすべて生きて帰らないからです」

「我々にお任せを。我ら両名、必ずや海の悪魔を退治いたしましょう」

リッドはマローネが自分をさらった理由をさとった。

彼女は海の悪魔を退治して、報酬《ほうしゅう》を得ようとしている。

その手伝いを自分にさせる気なのだ。

冗談じゃないぞ。

やっぱり逃げるしかない。

そう思ったリッドは、またもマローネの手で頭をグッと下げさせられた。

マローネは、自分もエクスシアに頭をたれて、

「ただし、まずは長旅の疲れをいやし、鋭気をやしなうのが先決。しばしの休息をお許し願います」

「もちろんです。この館にて存分に休息をおとりなさい」

微笑《ほほえ》みうなずくエクスシアであった。

エクスシアが提供した部屋は、来賓《らいひん》用の豪華《ごうか》な客室だった。

マローネの申し出で、ふたりにあてがわれたのは二階にある一部屋だけである。

リッドを逃がさないためにマローネが先手をうったのだ。

だが、それぐらいであきらめるリッドではなかった。

マローネが浴室に消えたのを見計らって行動開始だ。

忍び足でバルコニーに出たリッドは、柱をつたって下へおりようとする。

だが、その時——

「仲間のところへ戻る気か？」

「いッ⁉」

見れば吸水布《バスタオル》一枚のマローネが冷たい笑顔でこちらをにらんでいた。

「仲間のことが忘れられないというなら……私が忘れさせてやろうか……？」

そう言いながらマローネは吸水布をはらりと落とした。

息を呑《の》むリッドだったが——マローネはしっかりと水着を着込んでいた。

リッドは思わず目をパチクリさせる。

マローネはニヤリと微笑むと、リッドに向かって猛然《もうぜん》とダッシュした。

「どうりゃあ！」

強烈な腕斧攻撃《アックス・ボンバー》が炸裂《さくれつ》した！

「うわあ〰〰〰っ！」

攻撃を喰らったリッドは叫びとともに落ちていく。

マローネも一緒に海鳥のごとき身のこなしで宙を舞う。

そして二人は――――一階の内庭にあるプールに落ちた。

「ぷは〰〰〰っ！」

水面から顔を出したリッドにマローネが言う。

「仲間のことを思い出したら、こうして身体《からだ》を動かせ。たいがいのモヤモヤした悩みは身体を動かせば解決するのだ」

「んな、ムチャクチャだぜ」

「そうか……？」

キョトンとして聞き返すマローネは、どうやら本気でそう考えているらしい。

リッドは無性におかしくなった。

大人っぽい奴だと思っていたのに……そう思うと、笑いがこみあげてきた。

マローネはムッとなって――

「なにがおかしい！」

「笑うのはこっちの勝手……だろ？」

空の上でマローネが言った言葉をリッドは返した。

一本とられてキョトンとなったマローネは、やがて、つられて笑い出す。

青空に浮かんだ太陽が、水面に反射して、キラキラと輝いていた。


ふたりはプールサイドに居場所をうつした。

しばしの沈黙のあとで、マローネが静かな口調で切り出した――

「やはり仲間のことが忘れられぬか」

「ああ……」

「やはりな……おまえの仲間に対する思いの深さは、あの一瞬でよくわかった」

彼女が、魔神剣をはなったあの時、リッドは盾《たて》となってファラたちをかばったのだ。

「そっちだって……本気じゃなかっただろ？」

マローネはだまってうなずいた。

あの時、マローネは手かげんして攻撃していたのだ。

マローネは遠くをながめてから、リッドを見やって——

「……おまえを相棒にするのはあきらめる」

「本当か！」

「ただし今度の仕事だけは手伝え。いい金になるぞ」

「でも、こっちも急いでんだけど」

「黙れ」

マローネは静かな迫力でリッドを黙らせる。

リッドはそんなマローネの顔に違和感をおぼえた。

賞金のためというより、この土地を守ることを使命にしているように思えたのだ。

「何かあるのか、この島に？」

「金のためだ」

「ほんとうにそれだけか？」

「他に何がある」

「だけど――」

「くどい！」

リッドはそれ以上聞くことをやめた。

「とにかく、領主に約束した手前もある。今回だけは力を借せ」

マローネがじっとリッドを見詰《みつ》めて言った。

リッドはしばし考えて――

「まかせとけ、相棒」

一瞬「え？」となるマローネは、すぐに険しい顔となって、

「無駄口叩くな」

そう言うと、宙に舞って水へと飛び込んだ。

その夜リッドは、すすり泣きの声で目をさました。

バルコニーにいってみると――マローネの姿があった。

目の前に広がる景色は星の明かりに照らされている。

マローネは涙をこらえて嗚咽《おえつ》をもらしていた。
その顔にはこれまで見たこともない弱さが滲《にじ》んで見える。
やはりマローネは何かを隠している。
リッドはそう確信した。
だが——今は彼女をひとりにしておこう。
そう感じたリッドは、何も言わずにその場から立ち去るのだった。

3　海の悪魔

ベルカ島の朝は早い。
とりわけ港では、日の出前から漁に出ていた漁船が帰港し、活気にあふれている。
だが、この日だけは違っていた。
数日前から行方不明になっていた船の残骸《ざんがい》が発見されたのだ。

船の残骸には、巨大な生物の歯形がくっきりと残されていた。

「また海の悪魔のしわざだ」

「まったく困ったもんだ」

集まった人々が不安そうに顔を見合わせたその時である――

「みなさん、私たちに任せてください！」

人々が振り向くと、そこには、ファラ、キール、メルディの姿があった。

「海の悪魔は私達が退治します！」

ファラの宣言に人々が「おーっ」と声をあげた。

ファラたちがこのベルカーニュにやって来たのはつい先ほどのことである。

リッドを奪われた直後、ファラたちはマローネの行方《ゆくえ》を知ろうと小川のほとりを探索した。

そしてマローネの野営の跡を発見し、そこにあった一枚の触書《ふれがき》を手に入れたのだ。

それはエクスシアが海の悪魔を退治する者をもとめて周辺に配ったものであった。

ベルカーニュの存在を知ったファラたちは、すぐに沿岸部まで移動した。

そこから先へはベルカーニュに帰る船に同乗して、この地にたどり着いたのである。

本来ならばファラたちがこのような長距離の移動をする時にはエアリアルボードという術を

つかうことが多い。エアリアルボードとは、風の晶霊術のひとつで、まるで風に乗るかのごとく低空を滑空《かっくう》することができる術である。だが、大陸からベルカーニュまではかなりの距離があり、休息をとれるような島がひとつもなかったために、この術の使用をひかえて船を利用したのだった。もっとも、どんな乗りものでも乗りもの酔いになってしまうというキールには、おそらくはそうとう過酷《かこく》な旅であったにちがいない。

ファラたちがここにきたのは、むろん、リッドを取り戻すためである。

だが、ファラは困っている人を見ると、そのままにしておけない性分であった。

人々が海の悪魔の存在に憂《うれ》えているのを見て、黙っていられなくなってしまったのだ。

「ファラ、リッドさがさないか？」

心配そうにたずねるメルディだったが、キールとしてはファラの決断は悪くはないと言う。

「マローネとかいう女も海の悪魔を狙っているはずだからな。ぼくらがモンスター退治に乗り出せば、きっと姿をあらわすにちがいない」

「リッドを見つけて困ってる人も助ける。まさに一石二鳥《いっせきにちょう》の作戦ね」

ファラはそう答えると、こぶしを握ってはやくもやる気まんまんといった風で――

「うん、イケるイケる！」

この言葉はファラの口癖《くちぐせ》である。

しかし、気が付くと、周囲の人々が消えていた。

人々はメルディをかこんでいたのだ。

「かわいいお嬢ちゃんだ」

「お名前はなんて言うんだい？」

「メルディだよ」

笑顔で答えるメルディに、人々が歓声をあげた。

みな、なぜか、メルディに首ったけ、といった風である。

ファラとキールは、おもわずキョトンとなった。

このメルディ人気の理由が判明するのは——もうしばらく後のことである。


一度こうだと決めると、ファラの行動は迅速《じんそく》である。

島の漁師と交渉し、船を一艘《そう》かりうけ、海の悪魔が棲《す》むとされる海域におどり出た。

「準備はいい？」

「はいな！」

メルディが大晶霊をおさめた晶霊瓶《クレーメルケイジ》を手に答えた。

そのかたわらではキールが船酔いに耐えながら分厚い書物をひろげている。

「ファラ、何度言ったらわかるんだ。まずは海の悪魔がどんなモンスターなのか、ある程度予測をたてるべきだ」

だがファラは、海の悪魔をおびき出そうと、持参した石を海の中へと投げこんだ。

「ファラ、無茶をするな」

「倒せばいいの、倒せば」

ファラは悪びれることもなく答えた。

海面が不気味に泡立ちはじめる。

「さあ、来るよ！」

「キール、大晶霊だよー」

メルディに言われずとも、こうなってしまっては、調べものをしている暇はない。

キールは晶霊瓶《クレーメルケイジ》を手にして、大晶霊召喚《しょうかん》の呪文を唱える――

「……《ワイトウーン》　《イム》　……《イフリート！》　……《シルフ！》」

晶霊瓶から光がほとばしり、大晶霊が姿をあらわす。

まず最初に登場したのは火の大晶霊イフリートだ。

「我が灼熱《しゃくねつ》の魔手にて灰燼《かいじん》と化せ！」

屈強《くっきょう》な巨人の姿をしたイフリートは、その全身に炎をまとっている。

とりわけ下半身はほとんど炎の塊《かたまり》と言ってもいい。

つづいて姿を見せたのは風の大晶霊シルフだ。

「天空の風よ、降り着たりて龍とならん！」

少年の姿をしたシルフは背中に翼を有し、手には弓をもっている。

まるで天使のよう……と言いたいが、その性格は他人にお構いなしのきかん坊なのさ。

「ワイトウーン イム ウンディーネ！」

メルディの声に晶霊瓶が光を放ち、水の大晶霊ウンディーネがあらわれる。

「我が水の癒《いや》しにて汝《なんじ》を守らん」

その姿は青き半透明の液体で形づくられた、まるでガラス細工のような美しい女性である。

手にこそ三つ又にわかれた槍を携《たずさ》えているが、表情は慈愛《じあい》にみちている。

「みんな、たのんだぞ！」

「ひさしぶりの戦いだ、燃えるぜィ！」

キールの呼びかけにこたえて、イフリートが全身に燃える炎をたぎらせた。

「しょうがない、やってやるさ」

シルフは風にただよいながら、えらそうに答えた。

メルディがウンディーネに手をふりながら、

「ウンディーネもたのんだよー」

「もちろんです……と言いたいところですが」

「どしたか？」

「水の大晶霊である私は、同じ属性である水のモンスターを攻撃しても効力は弱いのです」

ウンディーネのこたえにメルディは不安な顔になる。

だが、もう戦いの時はすぐそこまで迫《せま》っていた。

ファラが海中から浮かび上がる巨大な影を目にして叫ぶ。

「来る！」

その時――ファラの心の中に、一瞬、マローネの姿がよぎる。

「貴様ごときの力量では、リッドにもふさわしくない」

あの時の言葉がよみがえった。

「わたしだって負けないんだから！」

ファラはにぎった拳《こぶし》に力をこめた。

次の瞬間、水面に水柱が上がる。

あらわれたのは異様な姿をした巨大なモンスターである。

その姿は巨大な海蛇を彷彿《ほうふつ》させた。だが、よく見れば退化した四肢が確認できる。退化しているのは手足だけではない、眼も耳も痕跡《こんせき》すらない。また開かれた口は海洋生物よりも陸上に生息する肉食獣のそれに近かった。

「こ、これが海の悪魔！」

「バイバ！」

さすがのキールとメルディも海の悪魔を前にして驚きを隠せない。

しかし、ファラだけは待ってましたといった風で、

「みんな、はじめよう！」

その声を合図に戦闘が始まった。

ファラたちの存在に気付いた海の悪魔が猛然と船に近づいてくる。

ファラたちは充分に相手をひきつけてから、エアリアルボードで海の上へとおどりでた。

直後に海の悪魔の鋭い牙が船をかみ砕く。

相手の注意が船に注がれた一瞬を突いて、ファラが海の悪魔の頭に飛び乗って、

「掌底波《しょうていは》！」

ファラの攻撃は自身の肉体を武器とする格闘技である。

掌底波は彼女がこれまでの修行で会得した、必殺技のひとつだ。

しかしその攻撃は海の悪魔には通じなかった。

ファラがその場をはなれた直後に、キールとメルディが戦列に加わる。

「頼むよー、みんな！」

「攻撃開始だ！」

大晶霊に指示をあたえるのがふたりの戦法である。

先陣をきったのはウンディーネだ。

「メイルシュトローム！」

槍の先端から水流がすさまじい勢いでほとばしる。自分の攻撃力が半減しているのは承知の上だが、直撃させれば相手にスキを生じさせることもできる、そう判断しての攻撃だ。

その読みは当たった。

頭部に攻撃をうけた海の悪魔が、一瞬ひるんだのだ。

すかさずシルフが接近して――

「ウインドカッター!!」

はなたれたのは風。しかも強烈なパワーを帯びた旋風《せんぷう》が《海の悪魔》の胴体を直撃する。

イフリートもここぞと前に出て――

「ファイヤーボール!!」

気合いもろとも、巨大な火球を相手の頭部に叩《たた》きこむ。

苦しげな咆哮《ほうこう》が海の悪魔から発せられる。

そしてその動きが止まった。

「やった！」

ファラが勝利を確信する。

だが、凝視していたキールが青ざめて——

「いや……奴はまだ！」

その時であった。

海の悪魔は、それまでとは異なる咆哮《ほうこう》を発して、ものすごい速度で移動をはじめた。

まるで、狂気にかられたかのようである。

「ど、どうしたの⁉」

戸惑うファラにキールが叫ぶ。

「大変だ！　奴は島に向かっているぞ！」

海の悪魔の行く手には、ベルカ島があった。

海の悪魔の接近を知ったベルカ島に、危険を報《しら》せる貝笛《シエルホルン》の音が響きわたる。

とりわけ、沿岸部に住む島民たちは、一刻もはやく逃げねばならない。

人々はパニックとなって、内陸部へと逃げ出した。

貝笛の音がますます強くなる。

その音は——海の悪魔を追撃するファラたちの耳にも届いていた。

「急がないと……島が！」

「でも、追いつかないよー！」

エアリアルボードの速度では、海の悪魔の移動の速さについていけなかった。

「僕たちは大変な間違いを犯してしまったのかもしれない……」

その声にファラとメルディがキールに目をやる。

キールは、手にした書物を広げて見せた。

そこには海の悪魔とおなじモンスターの図版があった。

「奴の正体はシーパンサーだ」

「シーパンサー⁉」

キールはうなずくと、書物の解説を要約して読みあげる――

「シーパンサーは一度攻撃されると獰猛《どうもう》さを増して、視界に入るものすべてを外敵とみなす習性がある。そのため迂闊《うかつ》な攻撃はかえって被害を拡大する恐れがある――そう記されている」

「うそ……」

ファラが思わず絶句した。

キールが沈痛《ちんつう》な顔で続ける。

「おそらく……一撃で倒すしかなかったんだ」

「そ、そんな……」

猛《たけ》り狂うシーパンサーはベルカ島へと近づいていく。

ファラはもう、どうしていいかわからなかった。

「このままじゃ町が危ないよーっ！　ファラ、どうするか？」

「ファラ！」

二人の必死の呼びかけも、呆然自失《ぼうぜんじしつ》となったファラには届かない。

シーパンサーが湾内に入ろうとした。

もう、すべてが終わりだ。


だが、その時——！


雄々しく羽ばたくバロッサの咆哮が響きわたった。

見上げるファラが目を見張る。

キールも空をしめして叫ぶ。

「あれは!」

「ワイール! リッドが来たよ!」

メルディが小躍《こおど》りした。

上空を飛翔《ひしょう》するバロッサに、剣を手にしたリッドの姿があったのだ。

「リッド!」

ファラの顔が希望に輝く。

だが、すぐにその表情が曇《くも》った。

バロッサの手綱をさばくマローネが目に入ったからだ。

ふたりを乗せたバロッサは、急降下して、シーパンサーに近づいていく。

「私と呼吸を合わせて同時に攻撃だ。これ以外にシーパンサーを倒す手はない!」

「わかったぜ!」

答えてリッドが剣をかまえる。

マローネが手綱をグッと引いて、バロッサをシーパンサーの前方に移動させる。

そのまま直進して――シーパンサーへと突っ込んでいく。

マローネも剣をかまえて、バロッサの背の上に立った。

「行くぞ！」

「よし！」

ふたりは同時に空へとおどり出ると、声をそろえて同じ技をはなつ――

「雷神剣！」

シーパンサーの頭部にむかって、同時に剣を突き刺した。

剣の軌跡《きせき》に生じたふたつの閃光《せんこう》が、ひとつになって、シーパンサーを直撃する。

直後にバロッサが、見事にふたりをその背でキャッチした。

次の瞬間、シーパンサーは苦しそうにその巨体をのけぞらせる。

悲鳴にも似た咆哮をあげて、海上に倒れ込み、巨大な水柱があがった。

海上に浮かぶシーパンサーは、もはや、動かない。

メルディが大喜びでとびはねて――

「ワイール！　リッドが勝ったよー!!」

「危ないところだったな」

安堵《あんど》するキールが、ふと、ファラを気にする。

ファラはなにも言わずに、青空を飛翔するバロッサを、ただ見詰めていた。

戦いがおわって——港の桟橋《さんばし》で、リッドはファラたちとあらためて再会を果たした。

マローネは、リッドの肩に手をおいて、

「賞金の半分はおまえのものだ。あとでエクスシアのところに取りに行け」

「わかった」

「つくづく惜《お》しいな。その腕前」

「お、おい……」

「わかってる。約束だからな」

そう言うとマローネは、リッドをファラたちの前に押しやって歩き出した。

と、その歩みをとめて——ファラを見た。

ファラはマローネを睨《にら》みつける。

マローネは余裕の顔だった。

波の音が、ふたりを包んでいる。

「人助けをするなら、それに見合った実力を身につけろ」

マローネの言葉に、ファラは「えっ」となる。

「さもなくばお前はいつまでたっても口だけオンナだ」

「く、口だけオンナ……!?」

マローネは高笑いをして、その場から去っていった。

ファラは思わず憤慨《ふんがい》して――

「だ、だれが口だけオンナよ、もうッ！」

叫んではみたが……急に勢いを失ってしまう。

今日の戦いを思うと――反論の余地はない、そう悟ったからである。

立ち去っていくマローネの後ろ姿を見詰《みつ》めながら、マローネに対する悔《くや》しさと、自分のふがいなさに対する怒りで、ただ唇を噛《か》むことしかできないファラであった。

第三章　南の島でふきあれて

1　ウラヌス

シーパンサーを倒した翌日、リッドたちは領主館をおとずれた。

謁見《えっけん》の間で一同を出迎えたエクスシアは、女神のような微笑《ほほえ》みを浮かべている。

その前にならんだリッドたちは、うやうやしく頭をさげた。

だが、その後がいけなかった。

エクスシアと初対面であるファラたちは、てっきりリッドがこの場をしきると思っていた。

だが、リッドはしきるどころか、ボーっとしているだけなのだ。

ファラが小声でリッドにささやく。

「あ・い・さ・つ」

「へ？」

「領主様にごあいさつしないと失礼だよ。シーパンサーを倒したのはリッドなんだから、なにか言いなってば」

「オレが……いやあ、でも……」

リッドの返事はしどろもどろだ。

猟師の暮らしが長いので、こういう格式ばったやりとりは、基本的に苦手なのである。

メルディですらあきれてしまい、

「リッド、頼りないよー」

「しかたないな。ここは僕に任せろ」

進み出たキールが、リッドにかわってあいさつをする。

「領主様におきましてはご機嫌うるわしく存じます。我らこのリッド・ハーシェルと旅する者……こちらよりファラ・エルステッド、メルディ、そして私がキール・ツァイベルです」

「丁重《ていちょう》なるあいさつ、いたみいります」

エクスシアが微笑むのを見て、キールが「うっ」と赤くなる。

お勉強が専門のキールは、女性と面と向きあうのは、基本的に苦手なのである。

側近がリッドたちの前に、皮の小さな袋をさしだしながら、

「これは海の悪魔を退治したみなさんへの賞金です。きのうの夜にやってきたマローネ様が半分を持っていかれました。のこりは相棒にわたしてほしいと、ことづかっております」

側近の言葉にファラが急に声を荒らげて、

「相棒じゃありません！」

言ってから「あっ」となって、あわてておだやかな口調にもどして、

「いえ……リッドはもう、あの女《ひと》とは組まないんです」

「そうでしたか」

エクスシアは納得してうなずくと、賞金の入った革袋をすすめる。

「では、つつしんで頂戴《ちょうだい》いたします」

うけとるキールの後ろでは、リッドがはやくも上機嫌である。

「なんか儲《もう》けたよな。これでとうぶん食い物には困らねーぞ」

「食べ物で困るのは、大食らいのリッドだけだよ」

言いかえすファラも、いろいろあったが、賞金が手に入ったのは単純にうれしかった。

「それで、これからみなさんはどうなされるのですか？」

エクスシアの問いかけに、キールはどう答えるべきかとファラを見やる。

ファラは迷うことなく答える。

「わたしたちは大切な旅の途中です。ここに立ち寄ったのは予定には入っていませんでした。ですから、すぐにでも大陸にもどろうと思います」

グランドフォールが近づいているのだ。

道草を食っている暇はない。

世界を救うには、旅を急がなければならない。

それがファラの本心だった。

「明後日《あさって》の昼に大陸と島をむすぶ船が到着します。それに乗られると良いでしょう。それまでは島で休息をとられてはいかがですか？　海の悪魔を退治していただいたお礼に、ささやかながら宿を手配いたしましょう」

エクスシアの提案に、ファラたちは顔を輝かせた。

このところ野宿つづきで滅入《めい》っていたのだ。

どんなささやかな宿でも今の彼らにすればありがたかった。

「その宿、なんていう名前か？」

メルディの問いかけにエクスシアがこたえて——

「宿屋《ホテル》ウラヌスです」

領主館のあるベルカ島の中心街より東の入り江方面に歩いてわずか。

熱帯雨林の緑を背にした丘のうえに、宿屋ウラヌスはあった。

その外観を見たリッドたちは、思わず言葉をうしなった。

やっとこさ出てきた声は——

「すげえ」

リッドのそんなつぶやきだった。

これに対して、ファラもキールもメルディも——

「うん」

とうなずくのが精一杯だ。

一同がおどろくのも無理もない。

宿屋ウラヌスは、広大な敷地を有したベルカーニュいちの高級ホテルだったのだ。

南洋植物がたくみに使われた建物は、目にも涼しく、エキゾチックな雰囲気《ふんいき》だった。

ロビーは広い吹き抜けで、この島独特の民族音楽が聞こえる。

客室はコテージ形式で、滞在する者にのみ使えるプールが5つもある。

とにかく、リッドたちが声をうしなっても当然といった、豪華さだったのである。

「ようこそ、宿屋ウラヌスへ」

小麦色の肌をした、優しい感じのする、おっとりとした女性がリッドたちを出迎える。

「あなたは？」

たずねるファラに彼女が答えて——

「わたくしはプラティアと申します。この宿屋ウラヌスの総支配人です。みなさまのお話は領主様よりうけたまわっておりますわ。明後日《あさって》の出発まで、どうぞゆっくりとお休みくださいませ」

「あのう……宿泊費とかは……？」

おずおずとたずねるファラに、プラティアはにっこり笑顔でこたえる。

「ご心配にはおよびません」

「ってことは、タダか？」

あけすけなリッドの質問に、プラティアは笑顔でうなずいて、

「もちろんです」

リッドたちは思わず嬉《うれ》しくなった。

その嬉しさは、案内された客室を目にして、ますます大きくなる。

リッドたちに用意されたのは、バルコニーでつながった二部屋だった。

ひとつは女性部屋、もうひとつは男子専用である。

どちらも豪華な部屋だった。

それもそのはずである。

この部屋は、数年に一度この島をおとずれる、インフェリア王府の特使専用の客室だった。

「クイックー‼」

「ワイール！」

ふかふかの寝台《ベッド》を目にしたメルディが、クイッキーといっしょにベッドにダイビングする。

ふたりの体がぴょい〜んと弾《はず》んで、気持ちも思わず弾んでしまう。

プラティアはそんなふたりの様子を満足そうにながめながら、

「ご用がございましたらなんなりとお申し付け下さいね」

「そうか⁉　それじゃメシだ、メシ！」

「そうじゃないでしょ」

ファラはリッドをいさめると、プラティアに荷袋をさしだして、

「エッグベアのベーコンと干しスライムを、これに入るだけお願いします」

プラティアは困惑の表情をうかべる。

リッドも信じられない、という顔になって、

「なんだよファラ。せっかくタダなんだから、もっと豪勢《ごうせい》なモノ頼めよ」

「リッドこそなに言ってんの、旅の準備をしなきゃダメでしょ？」

「へ？」

かたまったのはリッドだけではなかった。

メルディとキールも、ファラに注目する。

ファラは一同を見やって——

「わたしたちには大事な使命があるでしょ？　こんな所でのんびりしてる暇はないんだよ」

「なにもそんなに慌てなくてもいいんじゃないのか？」

口をはさむキールのかたわらでは、リッドが深くうなずいて——

「せっかくこんな豪勢な宿に泊まれるんだ、一週間ぐらいのんびりして行こうぜ」

だがファラはかたくなだった。

「ダ・メ！　明後日《あさって》には出発！　賞金も入ったことだし、今日と明日で、お買い物とかして、旅の装備も整えるの」

「旅の準備か……そうだ、それだったら！」

リッドは笑顔で立ちあがった。

リッドはみんなを宿屋《ホテル》の食堂《レストラン》に連れて行った。

バイキング形式でズラリとならんだご馳走《ちそう》に、リッドは目の色をかえて、

「さあ、旅の準備に……食いだめするぞ！」

言うなり料理にむかって走っていった。

「メルディも食べるよー」

「ぼくも賛同しよう」

メルディとキールもリッドにならった。

ファラはあまりの展開に、目がテンになって、立ち尽くしてしまう。

ハッと我にかえったら――リッドたちはごちそうを前に大はしゃぎだ。

「なにやってんの！」

「なにって旅の準備だろ？　今のウチに食えるだけ食って食いだめしてるんだよ」

ごちそうをパクつきながらリッドが答えた。

「旅のあいだは保存食ばかりで栄養が偏《かたよ》りがちだったからな。こういう機会に新鮮な食事を摂っておくのも悪くないだろう」

キールもたくさん頬ばっていて、いつもの流暢《りゅうちょう》な言葉まわしもたどたどしい。

ファラが思わずキレた。

ドン！　とテーブルを叩いてメモを一同に見せる。

「買い物リスト！　リュックにシュラフに着がえに薬、すり減った靴もかえて、剣とナイフは研《と》ぎに出す！」

「いいじゃねぇか、そんな急がなくても」

「ダメ！　日が暮れないうちに揃えるの！」

「わかったよ。わかったから。メシくらいゆっくり喰わせろよ、なっ」

リッドはそう言うと、食事を再開する。

ファラはまだ怒りがさめやらぬ、といった風で――

「ホントに分かってるの、もう……」

つぶやいたその時だった。

「あいかわらずニギヤカだな」

背後から、聞きおぼえのある声がした。

ファラが驚いてふりむいた。

自分たちの後ろのテーブルではマローネが食事をしていた。

「マローネ……」

ファラはあまりのことに呆然とつぶやいた。

対するマローネは、というと——

「よう」

ふりむきもせずに、つっけんどんな返事である。

ファラはそれまでの怒りの矛先《ほこさき》がマローネに向いてしまう。

「なんであなたがここにいるの！」

「金が入ったからな」

「わたしたちをつけまわすのは、やめてよね！」

「こっちは昨日から泊まってる」

「待ち伏せするのもやめて！」

ファラはますます怒りを募《つの》らせていく。

かたやマローネは、歯牙《しが》にもかけずに、静かに食事を楽しんでいる。

「もう、頭に来た！」

ファラは拳《こぶし》をにぎった。

しかし、リッドたちはとめに入らない。

みんな目の前のごちそうに夢中なのだ。

ファラがマローネに近づこうとしたその時だった。

突然、照明が落ちて、リュートがポロンと鳴りひびいた――

「おお〜〜〜っ　旅はみちづれぇ世はなさけぇ
わたしは見せたい　あの光る海を〜〜〜〜っ！」

あまりにも場ちがいな詩（？）の吟唱《ぎんしょう》が聞こえた。

食堂《レストラン》には舞台がもうけられている。

そこにスポットライトであらわれたのは、なんとコリーナであった。

「わたしはカワイイ旅の歌姫、コリーナ・ソルジェンテです。今宵《こよい》はみなさんを、夢の世界へお連れしま〜す、まだ昼だけど」

その場ちがいなしゃべくりに、ファラは一瞬、怒りを忘れて呆然となる。

キールやメルディも同様だ。

リッドだけが「!」となって、

「あっ、アイツは……!!」

コリーナはリッドに気付かず、またも詩の朗読をはじめる。

「おお〜〜〜っ」

そのつぶらな瞳がリッドたちをとらえた。

「お?」

あそこにいるのはまちがいない。

森で出会ったあの人だ。

「おお〜〜〜っ!」

かくて詩の吟唱《ぎんしょう》は感動の叫びになった。

コリーナは舞台から飛びおりて、リッドに向かって走る。

「おおお〰〰〰っ！　リッドさまぁ〰〰〰っ！　会いたかっ――」

コケた。しかも顔面から。

マローネが倒れたままのコリーナを猫つまみして、

「なんだ貴様？」

「はいです。数奇な運命をたどって歴史にのこる詩を詠《よ》む予定の可愛い吟遊詩人だそうです」

「リッド、知り合いか？」

たずねるマローネが「おや？」となる。

リッドは頭の上にリュートを乗せたままの姿で気を失っていた。

どうやら、コリーナが転んだときに、飛んできたらしい。

ファラは思わずタメ息をついた。

マローネがいた上に、こんな妙な少女まであらわれて、旅の準備はうまくできるだろうか。

心配のタネはつきないファラであった。

2　嵐の予感

リッドはベルカ島の中心街の近くでひらかれていた市場を歩いている。

手にはファラから預けられた買い物リストがにぎられていた。

ほんとうはホテルの部屋でのんびりしたかった。

だが、コリーナがしつこくつきまとうので、ファラの言いつけを守ることにしたのだ。

市場は活気に満ちていた。

見たこともない色をした果物や、奇妙な姿の魚が店先にならび、見ているだけでも楽しい。

「さてと、道具屋はドコだ？」

「お探しものですか？」

少女の声にふりむくと――そこには小柄な女の子がいた。

髪を左右でむすび、頭には品物をいれたかごを乗せている。

気さくな笑顔がよく似合う、島の娘だった。

「わたしミニマっていいます。ご用がありましたらなんなりと。えへっ」

小首をかしげて笑う姿が、なんともかわいらしい。

「それだったら、この島についていろいろと教えてくれないか」

市場をながめたリッドは、すっかりこの島に興味をおぼえたようだ。

「よろこんで」

市場を歩きながら、ミニマは島について語りはじめる——

「この島は豊かな自然にめぐまれて、気候も、年に数回ハリケーンがくるほかは、いたっておだやかなんです。旅の船が航海のとちゅうに立ちよっては、休息《バカンス》を楽しんでいかれます」

「だけど、ずいぶんと暑い島だな」

リッドは頭に手をあてた。

南国の日射しに照らされた頭が、自分でさわってもビックリするぐらい熱をおびている。

そういえば……と、島民がみんな帽子やバンダナをしていることに気付いた。

直射日光をさけるための知恵なのだろう——そう思うリッドだった。

するとミニマがカゴから麦わら帽子をさしだして、

「はい。ひとつ三百ガルドになりますが、いかがですか？」

「あ、ひとつ貰《もら》おうかな……」

「お買い上げありがとうございます」

リッドは帽子をかぶってホッと一息である。

「こいつはイイや。これでなにか冷たい飲みものでもあれば……」

するとミニマがヤシの実をさしだして、

「はい！　よく冷えたベルカヤシの実。ひとつ四百ガルドです！」

「お！　用意がいいな！」

「商売ですから。えへっ」

小首をかしげて笑顔のミニマであった。

「で、いったい何を買ってきたの？」

リッドを前にしたファラがヒクヒク顔をひきつらせて言った。

リッドはなにやら得体の知れない商品をたくさん買ってきたのだ。

「旅に便利な道具だって言うからさ……ホラ、これなんか見ろよ、高い枝の木の実がラクラク切りおとせるんだぜ。これにカンバラーベアが踏んでも壊れないナベが付いて、いまならナントたったの1万ガルド！」

ファラがたまりかねて怒りだす。

「たったのじゃないでしょ。だいたい、こんなガラクタしょって旅が出来ると思ってんの⁉」

「いやあ、あのミニマって娘《こ》、商売ウマクてさ、ついつい買っちゃうんだよなあ」

「買うな！」

怒鳴ってから、ため息をもらして、ファラはがっくりくる。

こうなると頼りになるのは、別の市場に買い物に出ているキールだ。

しかし、キールは両手にいっぱいの書物をかかえて戻ってきた。

「見てくれ！　すごい本を見つけたんだ！」

知的探求心を刺激されたキールは、興奮さめやらぬといった風に――

「この歴史書は、すべてメルニクス語によって書かれてる。こんな貴重な本に巡《めぐ》り会えるとはなんて幸運なんだ。この書物をひもとけば我々の晶霊学によりいっそうの磨きをかけることが出来るぞ」

「だからって、それぜんぶ読むつもり？」

「まさか」

キールが真顔《まがお》になってこたえたので、ファラはホッとした。

だが、キールは隣の部屋に運び込んでいた山のような量の本をファラにみせて、

「これぜんぶだよ」

もうファラは怒る気にもなれなかった。

「ファラ、手伝うか？」

落ち込むファラを気づかって、メルディが声をかけてきた。

「もう、ふたりには任せてらんないね。メルディ、わたしたちで旅の準備を整えよう」

「はいな！」

元気にこたえるメルディだった。

買い物リストを手に、メルディは市場をめざしていた。

海から吹いてくる風が涼しくて、暑さが苦手なメルディも上機嫌である。

「クィッキー、メルディお買い物ちゃんとして、ファラを喜ばせるよー」

「クィックー！」

肩に乗ったクイッキーもはしゃいで答えた。

メルディが心を弾ませている理由は、海風の涼しさばかりではない。

「ようメルディちゃん、お散歩かい？」

通りすがりの漁師の男が声をかけてくる。

「ファラに頼まれてお買い物だよー」

「そうかい、えらいねえ、メルディちゃんは」

こんな島の人々の優しさがメルディには嬉しかったのだ。

セレスティア人である彼女は、このインフェリアでは、生まれを隠して行動せねばならない。

セレスティアからもたらされるものはすべてが災いである。

インフェリア人は、そんな言い伝えを、かたくなに信じていたからだ。

だが、このベルカーニュに住む人々には、そのかたくなさが感じられなかった。

しばらくこの島にいたい。

それがメルディの本心だった。

けれど、それがいけないことだとも、充分にわかっている。

「わがまま言ったらダメなんだよー」

クィッキーに言いながら、本当は自分に言い聞かせているメルディだった。

と、どこからかリュートの音が聞こえてきた。

「？」

メルディが近くの公園に目をやると、木の枝に座ったコリーナがリュートを奏《かな》でていた。

とても音痴だけど、一生懸命さが演奏に込められた調べである。

メルディは曲にあわせておどり始めた。

「あり？」

コリーナがメルディに気付いた。

微笑むメルディに、コリーナは嬉しくなって、リュートの演奏をつづける。

メルディのダンスもますます軽やかなステップになる。

と、思ったら——

「あやや」

メルディがコケた。

コリーナがおもわずぷっと吹き出す。

身を起こしたメルディも笑顔になった。

ふたりだけのコンサートはほどなくおわり、ふたりは仲良くならんで座った。

メルディはコリーナに、明後日《あさって》にはこの島から旅立つことを伝えた。

「そうですか。メルディもうすぐ遠くに行っちゃうですか」

「はいな」

「お別れするの、寂《さび》しいです。せっかく、お友だちになれたと思ったのに」

メルディだって同じ気持ちだった。

ましてや、島の人々の優しさもある。

少しだけなら。

メルディの心に、そんな気持ちが芽生《めば》えた——

「メルディ、ファラにたのむよ」

「え？」

「もう少しだけ、ここにいようって、ファラにお願いしてみるよ」

コリーナは笑顔になってうなずいた。

そして、メルディの手をとって――

「では、いっしょに遊ぶです！　リッド様たちもさそって」

「はいな！」

答えるメルディは買い物のことなどすっかり忘れていた。

ラシュアン村の村長カムランが、ファラを睨《にら》みすえて言った。

「またおまえたちか！　またおまえたちが、災いをもたらすのか！　あの時のように！」

「ちがう！」

悲鳴にも似た声をあげたファラは――目をさました。

「夢……」

ファラは浜辺の近くにそびえる大樹の木かげにいた。

市場で買い物をおえて、帰りがけにひと休みをして、うたた寝をしてしまったようだ。

いやな夢を見た、とファラは思う。

あれは、メルディを村に連れ帰った時のこと。

村長のカムランはメルディの追放を命じた。

だが、ファラもリッドもそれには応じなかった。
するとカムランは言ったのだ。
あの時のように、と。
その言葉が意味するもの。
それは『ラシュアンの悲劇』だ。
幼いころ、ファラのわがままからそれは起こった。
幼なじみのリッドとキールを、入らずの地であるレグルスの丘に登らせたのだ。
それが原因で、リッドは父をなくした。
ファラもまた、両親をうしなった。
それからのファラは、無意識のうちに自分の欲望をおさえこむようになった。
そして、他人のために生きることを、自分に課するようになったのだ。
「さあ、帰らなきゃ」
ファラは荷物をかかえて立ち上がった。
砂浜では、自分とおなじ年頃の若者たちが、楽しそうに遊んでいる。
ファラはため息をついて、その場から立ち去っていった。

宿屋《ホテル》ウラヌスでファラを待っていたのは、プールでたわむれる若者たちの声だった。

ファラはまたかと思って「！」となる。

「あ、あれって……」

よく見ればその若者たちは――リッドたちだった。

プールの中ではメルディとコリーナが、バシャバシャと水をかけあっている。

プールサイドではリッドが空をながめていた。

そのかたわらではキールが本を読んでいる。

「みんな……」

ファラの心の中で、なにかがプツリと断ち切れた。

「リッド様、一緒に泳ぐです」

「オレはいいよ。こうしているほうがよっぽどのんびりできるから」

「キールはどうか？」

声をかけられたキールは手にした本でメルディたちを見ないようにする。

やはり女性のこういう姿は苦手なのである。

「水泳は非常に体力を消費する。疲れをいやすために宿に泊まっているのに、泳ぎで疲れを貯めてしまっては本末転倒《ほんまつてんとう》というものだ」

「だったらやっぱりリッド様です。ねえリッド様、いっしょに遊ぶです」

プールからあがったコリーナが、リッドにまとわりついたその時であった――

「やめてよ」

怒りをにじませた低い声に、みんなが一斉《いっせい》に振りむいた。

そこには、ファラの姿があった。

「やめて！　もうたくさん！　なによみんなして遊びほうけて！」

声を荒らげるファラに、リッドたちはギョッとなる。

ファラの怒りはおさまらなかった。

「大事な旅の途中なんだよ！　なまけてる暇なんて、これっぽっちもないんだから！」

その怒りの矛先は、コリーナにも向けられる――

「あなたもこれ以上、わたしたちの邪魔をしないで！」

怒鳴られたコリーナは、びくん、となった。

そして、そのままうつむいてしまう。

リッドがさすがに立ち上がって、

「おい、ファラ……」

何か言おうとしたが、それよりも、コリーナの声が先だった。

「あのっ、わ、わたし……」

顔をあげたコリーナは目に涙を浮かべている。

「わたし……邪魔でした……ごめんなさいっ！」

コリーナは泣きながら走り去って行った。

言葉がすぎた。

そう思うファラだったが、こうなっては、もうどうすることも出来なかった。

立ち尽くす一同の耳に、ゴロゴロと不気味な音がかすかに聞こえる。

西の空の果て、はるか水平線の彼方に、ドス黒い雲の塊《かたまり》があった。

「ひと荒れ来るな」

そうつぶやいたのは、リッドたちの近くで肌を焼いていたマローネだった。

3　ハリケーン来襲

夕方になって、領主エクスシアは、全島にお触れを出した。

それはハリケーン襲来についての注意である。

ベルカーニュはハリケーンの通り道であった。

毎年この季節になると、大きな嵐がやって来ては島に大きな被害をもたらすのだ。

しかも、今回のハリケーンは、この数十年の中では最大級の大きさであるという。

「でも、この宿にいれば心配はいりません」

リッドたちの前にやってきたプラティアは、のんびり口調で断言する。

「ここは建物が頑丈《がんじょう》で、近くに住む人たちも避難にみえるぐらいですから。とはいえ万が一ということもあります。みなさんもハリケーンが上陸したら、ロビーに集まってくださいね」

夜になってハリケーンが上陸した。

ベルカヤシの木が、強風にあおられて今にも折れそうになる。

横なぐりの雨が容赦《ようしゃ》なく叩き付けられる。

海も大シケとなり、沿岸部では高潮による被害も発生した。

しかし宿屋《ホテル》ウラヌスは、そんなハリケーンにもビクともしなかった。

ロビーには、避難してきた島民と、リッドたち宿泊客、そして、従業員が集まっている。

リッドたちは口数が少なかった。

ファラの一件があってから、空気が重くて、言葉をかわせなかったのだ。

だが、その沈黙は、すぐにやぶられることになる――

「そんな、どうしましょう！」

従業員の報告を受けて、プラティアが声をあげた。

「どうかしたのか？　プラティアさん」

たずねるリッドにプラティアが答えて――

「コリーナさんがいないんです」

「バイバ！」

メルディが思わず声をあげた。

「なんだって！」

キールも目を丸くする。

そしてファラも——

「コリーナが……」

言葉をうしなってしまった。

「誰かコリーナを見た人はいないか」

リッドの呼びかけに進み出たのは、ミニマである。

「あのう……」

「あ、君はたしか商売上手の——」

「ミニマです。わたし、その娘《こ》のことを見ましたよ。その娘《こ》だったら、荷物をまとめて町はずれを山の方に歩いてるのを見かけました」

「それはいつごろだ？」

「えーっと、たしか、夕方前かと……」

プラティアが息をのんで——

「たいへん！　彼女、ハリケーンが来ることを知らないんだわ！」

ファラたちが「!」となった。

その様子をマローネがじっと見詰めている。

窓からもれる風のうなりが、ファラの耳にはコリーナの叫びに聞こえた。

ファラはぴったりと閉ざされた入口に向かって駆けだした。

「わたし、探して来る!」

だが、入口ちかくにたむろしていた島民たちが、ファラを止めた。

「よしな姉ちゃん。山へ行ったならもう手遅れだ」

「この島に来るハリケーンは足がはやいんだ」

「それにあのあたりは毎年のように崩れてる。いま行ったら巻き添えになる」

島民たちの忠告に、ファラはますます焦《あせ》りをつのらせて、

「だったらなおさら探しにいかなきゃ!」

島民たちの止めるのも聞かずにファラは扉を開けた。

次の瞬間、凄《すさ》まじい風と雨が襲ってきた。

ファラは思わずたじろいだ。

外では、強風にあおられたベルカヤシの木が、狂ったようにしなっていた。

横殴りの豪雨が、もの凄《すご》いスピードで移動する黒雲を背にして降っている。

のどかな南国風景は、そこにはもうなかった。

ファラは思わず立ち尽くしてしまう。

島民たちが沈痛《ちんつう》な面持《おもも》ちで語りかけてきた。

「わかったろ。なみの嵐じゃねぇんだ」

「悪いことは言わねぇ。この島のことは俺たちがいちばん良く知ってる」

「かわいそうだが……あきらめな」

「そんな……」

呆然とつぶやくファラの心に、コリーナの泣き顔がよみがえる。

「わたし……邪魔《じゃま》でした」

ファラは嵐を前にして、うつむいたまま、動かなかった。

心配顔のリッドたちがその後ろで様子をうかがう。

ファラはキッと顔をあげて駆け出した。

「ファラ！」

あわてて止めたのはキールである。

「無鉄砲に行動すると、この人たちの言うとおり、二重遭難《そうなん》になる！」

「やだよ！　わたしのせいで、誰かが犠牲《ぎせい》になるなんて……もうぜったいにいや！」

叫ぶファラの目の前に、スッと誰かが立った。

リッドであった。

「ファラ……」

その顔は、ファラの気持ちをすべて解しているようだった。

ファラは思い出した。

あの時……村長のカムランに過去のあやまちを糾弾《きゅうだん》された時もそうだった——

「昔のことは関係ねぇだろ！」

自分をかばってくれたのは、あの時、そばにいたリッドだった。

「リッド……」

つぶやくファラにリッドは力強くうなずいた。

そしてプラティアに言った――

「プラティアさん、地図を貸してくれよ！　それと山道のわかる人を！」

ファラの顔が希望に輝いた。


そのころコリーナは山腹《さんぷく》の森にいた。

嵐の直撃をうけた森は、狂ったように木立を揺らしている。

コリーナは大木にしがみつき、風雨に耐えていた。

「誰か、助けてですぅ〜〜〜っ」

こんなことになるのなら、山になど来るんじゃなかった。

今さら悔いても遅かった。

だけど、ひとりになりたかったのだ。

ファラに怒られて、とてもとても哀《かな》しくて、ひとりになりたいと思ったのだ。

「リッド様ぁ……」

寒さと恐怖に心細くなって、コリーナがつぶやく。

その時、遠くから不気味な地鳴りが聞こえてきた。

「ほえ？」

同時に、地面からも震動が伝わってくる。

「いッ!?」

地鳴りは頂上から近づいてくる。

見上げたコリーナがハッと息を飲んだ。

山肌を滑り降りてくる土石流が見えたのだ。

「ひえええええ〰〰〰っ！」

土石流は、速度を増してこちらに向かってくる。

大きな岩や大木が凄まじい勢いで流されていた。

やがてその濁流《だくりゅう》は、コリーナのいる森に到達する。

「リッド様アアアアア〰〰〰ッ！」

コリーナの絶叫も、濁流にかき消された。

その時である――!!

「閃空裂破《せんくうれっぱ》！」

叫び声と共に到達した衝撃波が、コリーナの目前で土石流を直撃する。

リッドたちがやってきたのだ。

「コリーナ――っ！」

リッドの攻撃で、濁流はその流れを一瞬とめた。

そのスキをついてエアリアルボードで滑空《かっくう》するファラがコリーナを抱えて飛びさる。

直後に押し寄せた濁流が、コリーナのしがみついていた大木を飲みこんだ。

「ファラさん……!?」

「ケガはない」

「は、はい……」

コリーナはそう答えると、緊張の糸がプツリと切れて、フッと意識を失った。

ファラはそんなコリーナを抱いて、リッドたちに合流する。

「良かったよー！」

メルディが小躍《こおど》りして喜ぶ。

だが――

「安心するのはまだのようだぜ！」

リッドが叫んで後ろをしめした。

さきほどの土石流が規模を大きくして迫っていたのだ。

リッドたちはその場から離脱《りだつ》すると、麓《ふもと》へむかって速度をあげる。

背後からは猛り狂った土石流が迫りくる。

「このままでは追いつかれる！　メルディ、大晶霊だ！」

自《みずか》らも晶霊瓶を手にしてキールが叫んだ。

「はいな！」

答えたメルディが大晶霊を召喚《しょうかん》する。

「ワイトウーン　イム　ウンディーネ！」

メルディの晶霊瓶から閃光がほとばしり――

「我が水のいやしにて汝《なんじ》を守らん」

――水の大晶霊ウンディーネが姿をあらわした。

「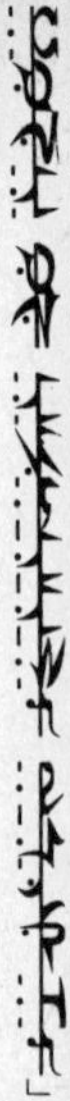《ワイトウーン　イム　イフリート！　シルフ！》」

キールも召喚の呪文を唱えて――

「我が灼熱の魔手にて灰燼《かいじん》と化せ！」

「天空の風よ、降り来たりて龍とならん！」

――炎の大晶霊イフリートと、風の大晶霊シルフがおどり出た。

大晶霊たちは迫りくる土石流へと立ち向かう。

まずはウンディーネが水流で障壁を形づくり、土石流をさえぎる。

これにシルフが加勢して、旋風《せんぷう》をあびせて土石流の勢いをそいだ。

そのあいだに、イフリートがリッドたちの行く手の木々を焼き払い、退路を開いた。

「あれは！」

リッドが身を乗り出した。

開かれた退路の果てには、深く切り立った谷が見えた。

あそこをこえれば、土石流は谷底へと流れ落ちて、危機を脱することができるはずだ。

そう判断したリッドは――

「みんな、行くぞ！」

だがエアリアルボードの速度をあげようとしたその時である。

エアリアルボードが突如、その効力をうしなってしまった。

「うわぁ――ッ！」

リッドたちは叫び声をあげて地面に投げ出される。

「どうしたんだよ、一体⁉」

エアリアルボードは風の晶霊を利用した晶霊術だ。

それが使えなくなるということは――

「大晶霊の活力が弱まっているのか？」

キールの推察は正しかった。

大晶霊たちは急激に活力を失い、晶霊瓶に戻ってしまったのだ。

「バイバ！」

メルディがおどろきの声をあげた。

こんな出来事ははじめてだったのだ。

「ヤバイぜ！」

リッドが叫んだその直後、土石流が追いついてきた。

その濁流はいまや山のような高さにまで巨大になっている。

リッドは、谷にかかった古い吊《つ》り橋を見つけた。

「あれだ！」

そう言うなりファラの腕からコリーナを抱え上げると、

「みんな、走れ！」

もう返事をする余裕もない。

土石流はすぐそこまで来ていた。

まずはキールとメルディが橋を渡った。

ファラと、コリーナをかかえたリッドが続く。

だが、渡りきらないうちに――ついに土石流が追いついた。

谷底に流れ落ちる濁流にまきこまれて、吊り橋が落ちた。

「うわああ〰〰〰っ！」

リッドとファラが、叫び声をあげて、橋とともに落ちていく。

「リッド！　ファラ！」

キールが叫んだ。

「コリーナ！」

メルディも絶叫する。

だが、ふたりの叫びは、大瀑布《だいばくふ》となって谷底へ落ちる濁流の轟音《ごうおん》にかき消された。

その時であった。

水煙にかすむ谷底より、一羽の鳥が羽ばたいているのが見えた。

「あれは……!!」

それは鳥ではなかった。

「マローネだよ！」

鳥と思われたのは、マローネの乗ったバロッサだった。

その脚がしっかりと、ファラと、コリーナをいだいたリッドをつかんでいる。

「助かったぜ、マローネ！」

マローネは手を挙げてリッドにこたえた。

宿での一部始終を見ていたマローネは、別行動でコリーナを捜していたのだ。

「マローネ……」

つぶやくファラは少しだけ、マローネに対する考えをあらためる。

たしかに口は悪いが、やることはしっかりやる。

そう感じたファラはふと思う。

今の自分がやるべきことを。


ファラたちを地上に降ろしたマローネは、何も言わずに去っていった。

いつの間にか風はおさまりつつあった。

ハリケーンが島を去ろうとしていたのだ。

「……あり？　ここはどこです？」

リッドたちにかこまれて、コリーナが目をさました。

「ワイール！　コリーナが起きたよー」

「あ、みなさん！」

顔を輝かせるコリーナだが、「あっ」と小さく叫んで、うつむいてしまう。

ファラと目があったのだ。

また、みんなに迷惑をかけてしまった。

そう思うと、コリーナの心ははりさけんばかりだ。

けれどファラは優しい笑顔をうかべて、

「コリーナ……」

「え?」

「……ごめんね」

今の自分がやるべきこと。

それはすなおにあやまることだった。

驚きに目を丸くしたコリーナは、じわっと涙をうかべて、

「うわああああ〜〜〜ん!」

大声で泣き出すと、ファラの胸に顔をうずめた。

その髪を、ファラは優しく撫《な》でてやる。

リッドも、キールも、メルディも、ホッと笑顔になる。

気がつけば灰色の雲間から、美しい夜空が見えた。

そして翌日。ハリケーン一過のベルカーニュは、美しい晴天に恵まれていた。

プールの中ではメルディとコリーナが、バシャバシャと水をかけあっている。

プールサイドではリッドが空をながめていた。

そのかたわらではキールが本を読んでいる。

「リッド！　キール！」

「二人とも、一緒に泳ぐです」

プールの中から呼びかけるメルディとコリーナであったが、

「かんべんしてくれよ。昨日のドタバタで疲れてんだから」

「陸上生活に適した体を持つ人間が、水中で活動するなんて、そんな生物学的に効率の悪い行動をする気なんか――」

と、そこへそ～っと近づいてきた手が、二人の背中をドンと押したからたまらない。

「うわわわわっ！」

リッドとキールは頭からプールに落ちてしまった。

「うわっぷぷぷ！　だ、誰かっ！」

キールが溺れだした。

でも、メルディやコリーナでも足がとどく深さなのだが。

リッドは水の中から勢いよく顔を出して、

「誰だッ！」

と怒鳴ってから「あらっ？」となった。

目の前で笑っていたのは——ファラだった。

「ファラ……」

ファラはいつになく明るい笑顔であった。

明日の出発まで、ちょっとだけ遊んじゃおう。

ファラはそう決めたのだった。

「えい！」

服をきたまま、ファラは、足からプールに飛びこんだ。

水しぶきがリッドにかかる。

「このやろーっ！」

そこから先はもう、ハチャメチャだった。
リッドとファラは水をかけあい、メルディとコリーナがやんやと応援する。
やっと足が届くことに気付いたキールも、やけになって水かけバトルに参加する。
その様子を肌を焼きながらながめていたマローネがつぶやく。
「まったく……手間のかかる連中だ……」
かくして、ファラたちのさわぎはますます勢いを増していく。
みんな、南国の日射しに負けないぐらいの、明るい笑顔だった。

第四章　乙女たちの大決戦

1　脱出不能

いよいよリッドたちがベルカーニュから旅立つ日がやってきた。
大陸とベルカーニュをむすぶ定期船が到着するのは正午である。
それまでに旅の支度を整えなくてはならない。
リッドたちは朝早くから荷造りに追われた。
「人間らしい生活とも今日でお別れか」
島で買いあつめた本を整理しながら、キールがため息まじりにつぶやいた。
また、過酷な旅がはじまるのだ。先のことを思えば憂鬱《ゆううつ》になるのもいたしかたない。
もっとも、憂鬱になる理由はもうひとつあって、

「明日から船旅なんだよな」
乗り物酔いのこともあって気が重かった。

気が重い——そう感じているのはキールばかりではなかった。
かたわらで荷造りをするリッドもまた、さえない顔でぼやく。
「もうすこし、ここにいたかったな」
ベルカーニュの空のながめは格別だ。
青空と雲のコントラストが美しかった。
雲の流れがはやく、ずっと見ていてもあきることがない。
日がな一日、なにも考えずに、ぼうっと空をながめたかった。
それができなかったことが心のこりでならなかったのだ。

心のこり——そう思っているのはリッドだけではない。
となりの部屋で荷造りをしているメルディも同じ気持ちだった。
せっかくコリーナという友だちが出来たのに、もうお別れしなければならない。

それが残念でならなかったのだ。

「メルディ、コリーナとお別れするのさみしいよー」

ぽつりとつぶやいたその時、荷造りを手伝っていたクィッキーが騒ぎだした。

「どしたか？　クィッキー」

クィッキーは入口あたりをしめした。

そこには、目に涙をいっぱいにためた、コリーナの姿があった。

コリーナはメルディを友だちだといつも言っている。

メルディもまた、コリーナに対して友だちという思いが強かった。

友だち——そんな思いをいだいているのはメルディばかりではない。

ファラはマローネに対して、かすかな友情を感じていたのだ。

ハリケーンの夜、命を助けられたファラは、すこしだけ、マローネを見直していた。

「おはよう、マローネ」

買い出しから戻ったファラは、宿屋《ホテル》のロビーでマローネを見かけて声をかけた。

「いよいよ今日でお別れだね」

「そうだったな。そうだ、別れるまえに、ひとつおまえに話がある」

「話って……？」

大切な旅の途中で、寄り道をさせてすまなかったと謝るつもりなのかな。

それとも『口だけオンナ』などと言って悪かったと詫《わ》びるつもりなのかも。

だが、マローネの考えていたことは、そのどちらでもなかった——

「いくらよこす？」

「え？」

「とぼけるんじゃない。ハリケーンの夜に命を救ってやったろう」

「ま、まさか……お金をとる気なの？」

「当たり前だ」

ファラは驚いた。あの夜のことは、てっきり善意の行為だと思っていたからだ。

そして腹が立ってきた。

やっぱりこの女は許せない。

友情を感じていたぶん、怒りが大きかった。

「お金が欲しいなら好きなだけあげる。あとで部屋にとりにくれば。でも忘れないで」

「？」

「あなたのことがすごくキライになったから」

そう言い放つと、ファラは荷物を抱えて、部屋へと戻っていった。

けっきょくマローネは金を取りには来なかった。


正午ちかくとなり、旅の支度をととのえたリッドたちは、ロビーに集まった。

リッドもキールもメルディも、どことなくさびしそうである。

ファラだけが、さきほどのマローネの一件もあって、

「プラティアさん、どこに行っちゃったの。あいさつしようと思ってたのに」

つぶやく口調も、どことなく機嫌が悪そうである。

そこへ、プラティアが小走りにやってきた。

「みなさんこちらでしたか」

そのかたい表情から、何やらあった風である。

「どうかしたんですか？」

たずねるファラにプラティアが答えて、

「実は……これをごらんになってください」

そう言って差し出したのは、領主が発行する触書《ふれがき》の写しだった。

受け取るファラがそこに記された内容を読み上げる。

「えーっと……先のハリケーンによって、大陸と島を結ぶ船が……沈没！」

リッドたちは驚きに目を丸くする。

プラティアが沈痛な表情でつぶやく。

「なにぶんにもこのあいだのハリケーンは大きかったですからねえ」

「そんな……」

ファラは言葉を失って触書を落としてしまった。

追い打ちをかけるように、プラティアが説明を続ける。

「お気の毒ですが、復旧の見通しはまるでたっていないそうです」

プラティアは、定期船が復旧する日まで、リッドたちの滞在を許可するともつけ加えた。

リッドたちはとりあえず部屋に戻って、今後についての相談をする。

「やっぱりエアリアルボードを使おうよ」

ファラの提案に、リッドが異をとなえる。

「そいつは無茶だぜ。大陸とベルカーニュの間には、無人島はおろか休めるような岩場もないんだろ。ずっと海の上を飛ぶのは限界があるぜ」

「だけど」

「それにハリケーンの季節なんだろ。万が一移動している最中にハリケーンにでも巻き込まれてみろ」

「ぼくもリッドに賛成だ。このあいだのハリケーンの時に、大晶霊が原因不明の活力低下を起こしている。もしも海の上であんなことがあったら大変なことになる」

「それじゃあ、黙ってここで待っていろって言うの？」

悲鳴にも似た声をあげたファラが「！」と立ち上がる。

どうやら何か閃《ひらめ》いたらしい。

「うん、この方法なら……イケるイケる！」

そう言い残すと、ロビーから駆け出していくファラだった。

ファラが閃いた方法とは、島の船乗りに交渉して、大陸まで船を借りるという方法だった。

しかし、最初にやってきた漁港では、ファラの呼びかけに応《こた》える者はいなかった。

漁師たちの長である網元が言うには、

「お嬢さんには悪いが、ハリケーンでほとんどの船が流されちまってな。わずかに残った船で漁をしなけりゃならんのだ。申し訳ないが旅に貸し出す余裕はないんじゃよ」

すまなそうにそう言うと、となりの港なら船が残っているかもしれないと教えてくれた。

ファラはとなりの港へ足を運んだ。

こちらの港は商船が多く、比較的被害を受けた船は少ないように見えた。

だが、ここでも協力を得られなかった。

とある船の艦長が言うには、

「エクスシア様が打ち出した復興計画で、どの船も物資を運ぶのに手いっぱいなんだ。悪いが君たちを乗せる余裕はないんだ。どうしてもというなら、領主館にいって、許可をとってきてくれないか?」

ファラは領主館へと出向いた。

応対したエクスシアに、事情を話したファラであったが、エクスシアが言うには、

「お気持ちは理解しますが、領主としては島の復興が先決だ、としかお答えできません。ハリ

ケーンの被害で、多くの民が辛《つら》い生活を余儀《よぎ》なくされています。どうかこのことを理解して、しばらくお待ち願えませんか？」

島民が困っていると言われては、引きさがるしかなかった。

それから、他の港をあたってみたが、けっきょく協力してくれる船は一艘《そう》もなかった。

「どうしよう……」

宿屋《ホテル》への道をとぼとぼと歩きながら、ファラはため息をついた。

海鳥たちが空を飛んでいる。

鳥のように翼があったなら、空を飛んで大陸に戻れるのに。

そんなことを考えて、思わずまた、閃《ひらめ》いた。

そうだ、空を飛べばいいのだ。

宿屋《ホテル》ウラヌスのバルコニーでは、リッドが空を見上げていた。

「気持ちのいい空だなあ」

こちらはファラとちがって焦りの色はまるでない。

旅の大切さはリッドにもよくわかっている。

けれどリッドはこういう時にジタバタしない性質《たち》なのだ。

そこへ、勢いよくドアを開けてファラが駆け込んできた。

「マローネ、こっちに来てない？」

「いや、マローネがどうか――」

リッドの答えを待たずに、ファラはズカズカと部屋に入ってきて、

「まさかと思うけど、かくまってるとか」

「なんでだよ」

「姿がどこにも見えないのよ」

ファラは収納部屋《クローゼット》を開けたり、寝台《ベッド》の下を覗き込んだりしながら答えた。

「アイツに何か用か？」

「バロッサを借りようと思うの。バロッサに乗せて貰《もら》えば大陸に戻れるでしょ？」

「そんなに焦ることねえのに」

ファラにキッと睨まれて、リッドは肩をすくめて、空へと目をうつす。

「マローネ見かけたら、教えて！」

「わかったよ」

答えてリッドは、空をうっとりとながめる。
だが、外から聞こえてくるファラの怒鳴り声が、どうにも耳ざわりである。
「マローネ！　どこにいるの！　返事して！　あっ！」
叫び声がしたかと思ったら、ドンガラガッシャ〜ン！　とけたたましい物音がした。
リッドはゲンナリしてしまう。
どうやらここは、空をのんびりながめる環境ではないようだ。

リッドはベルカ島の高台にやってきた。
周辺には青々とした草原が広がっていて、心地よい風が吹いている。
ここならば……と大の字になって、空を眺めようとしたその時だった。
べべん！
まぬけなリュートの音が響いて、リッドはびくんとなって起き上がる。
近くの岩の上で、メルディを観客にしたコリーナが、詩の吟唱《ぎんしょう》をしていた。
「おお〜っ、恐ろしきかな海よ！　嵐が吹けば荒れ狂い。
夕暮れ時には血に染まるぅぅ〜っ！　けれど晴れればキンキラ——」

　コリーナがふいに吟唱をやめた。

「どしたか？　コリーナ」

「あそこにリッド様がいるです！」

　こちらを指さされたリッドはあわてて身を隠そうとした。

　だが、時すでに遅く、たちまちコリーナとメルディにつかまってしまう。

「リッド様、メルディから聞いたです。みなさんもうしばらく、この島にいるですってね」

「あ、ああ……」

　コリーナはうっとりとなって――

「みなさんには悪いですけど、嬉しいです。だって、メルディといっしょにいられるから」

「コリーナ……」

　メルディがじんわり嬉しくなる。

　リッドもすこし感じ入ってしまう。

　だが、それも束の間、コリーナは――

「というわけで、その歓びをふまえた上で、このあいだのハリケーンの詩を作るです！」

　ふたたびリュートをジャカジャカやりはじめた。

メルディとクィッキーがやんやの応援だ。
リッドはガックリとなる。
ここもどうやら、空をながめる環境ではないようだ。
どこかに良い場所はないだろうか？
誰もいない、景色の良いところが。
そんな思いを巡らすリッドの目に、海上に浮かぶいくつかの孤島が目に入る。
それらのいくつかは無人島のようだった。

2　直接対決

翌日になってリッドは誰にも気付かれぬように朝早くから出かけた。
磯までやってきて、まわりに人がいないのを確認してから、海の中へと飛び込む。
ベルカ島の無人島をあちこち巡って、自分だけの秘密の場所を見つけるつもりなのだ。

リッドは泳ぎながら海の中の景観を楽しんだ。

さまざまな形をした珊瑚《さんご》がコバルト・ブルーの光に照らされている。

極彩色の魚たちが、そこここで群れをなして優雅に回遊している。

そんな景色を楽しんだ末に、リッドはとある無人島に上陸した。

木々の緑が深い、全体が密林におおわれた島であった。

眺めのいい丘を見つけたリッドは、

「よーし、ここなら!」

と大の字になって満足げに空を見上げた。

その時である。

ぶ〜ん……と、異様な音が背後の密林から聞こえてきた。

「え?」

ふりむけば、密林からあらわれた羽虫の大群が向かってくるではないか。

「わ〜〜〜〜っ!」

慌てて逃げ出すリッドを、羽虫の群が追いかける。

岸壁に追いつめられたリッドはそこから海に飛び込んだ。

「ぷはぁ！」

海面から顔を出してリッドが振り返る。

羽虫の群は、リッドのいたあたりを、黒い霧のように飛び回っていた。

どうやらこの島も安住の地ではなかったようだ。

リッドは次なる場所を求めて泳ぎだした。


行方知れずのマローネが宿屋《ホテル》ウラヌスに戻ってきた。

その姿をロビーで見かけたファラは、さっそく交渉に乗り出した。

「バロッサを貸してちょうだい。島から脱出するのに、他に方法がないの。もちろんお金だって払うから」

「断る」

即答するマローネに、ファラはきのうのこともあってカチンと来てしまう。

「お金なら払うって言ってるでしょ！」

「金の問題じゃない」

「だったらどうして？」

「イ・ヤ、だからだ」

イヤミたっぷりに答えたマローネに、ファラはますます怒りをつのらせて、

「わたしたちはね、あなたと違って、ここでのんびりしてるわけにはいかないの！　世界を救うって大きな使命があるんだから！」

「世界を救う？　そいつは大きくでたものだ。おまえなどにできるものか」

「な、なんですって！」

それまで二人のやりとりをハラハラしながら眺めていたメルディがおろおろして、

「ふたりともやめてよ〜！」

だがメルディの声はファラにもマローネにも聞こえていなかった。

「口だけ女になにができるというのだ」

「そ、そんなのやってみなきゃわかんないでしょ！」

「やるだけ無駄だ」

ファラとマローネは睨み合いになった。

メルディはいよいよオタオタしてしまい、

「キール！　ちょっと来てよ、キール！」

キールを呼びにその場から駆け出していった。

ファラは不敵な微笑を浮かべて——

「そこまでいうならわたしの本当の力を見せてあげる！」

マローネも余裕の笑みで——

「見せる程のものでもなかろう」

「言ったね！」

「やるか！」

ふたりはグッと拳を握ると、外へと飛び出して——

「飛燕連脚《ひえんれんきゃく》！」

ファラが先手を放とうとする。

マローネも負けじと、

「掌底破《しょうていは》！」

ついにふたりの戦いが始まる……のかと思ったが、そうではなかった。

たまたま近くで水をまいていたプラティアが、

「あっ！」

と叫んだ時にはすでに遅く、ふたりに水を浴びせてしまったのだ。

「あらまあ、ごめんなさい」

ファラとマローネは、ずぶ濡《ぬ》れにされて、勢いをそがれてしまった。

プラティアに薦《すす》められるままに二人はロビーに戻された。

ちょうどロビーではメルディがキールを連れてきたところである。

キールはずぶぬれでそっぽをむいているふたりを見て、すぐに事態を飲み込んで、

「まったく、なにごとかと思えば、ケンカか」

ファラとマローネは、互いに目が合うと、

「フン！」

とそっぽを向いてしまう。

メルディは困り顔になって――

「ケンカはよくないよー。キール、なんとかならないか？」

「と言っても、簡単におさまりそうな雰囲気《ふんいき》じゃないな」

「そういうことでしたら……」

そこへ吸水布《バスタオル》を手にしたプラティアが話に割って入ってきた。

「このベルカーニュに伝わる伝統的な方法で決着をつけたらどうでしょう?」

「伝統的な方法って……?」

思わずたずねるファラに、プラティアがニッコリ微笑んで答える――

「それは『海だめし』です」


プラティアによれば――『海だめし』とはベルカーニュの伝統的な儀式であるという。

古来より、女どうしのいさかいを解決する手段として用いられてきたものだ。

その方法は、ベルカーニュの九つの小島を泳いで一周するというもの。

勝者こそが正しいという結論が下されるという。

それを聞いたマローネはニヤリとなって、

「おまえも不運だったな。泳ぎは得意中の得意だ」

「おあいにくさま! わたしだって故郷のラシュアンの大河でさんざん鍛《きた》えたんだから」

応《こた》えるファラも負けてはいない。

この開催には、領主であるエクスシアの承諾《しょうだく》が必要だった。

プラティアは、ファラとマローネを連れて、領主館をたずねた。

仔細《しさい》を聞いたエクスシアは、ふたつ返事で『海だめし』の開催を許可した。

「ひさしぶりの『海だめし』は、ハリケーンの被災者の心をいやすことになるでしょう。また復興にむけて、民の心を元気づけることにもつながります」

そんなエクスシアの言葉に、ファラがキョトンとなって、プラティアにたずねる。

「わたしたちの戦いが、どうして島のみなさんのためになるんですか？」

「実は『海だめし』は、女性なら誰でも自由に参加できるんです」

「え？　一騎打ちじゃないんだ」

「はい」

「わたしとマローネ以外の誰かが優勝したらどうなるの？」

「その時はおふたりとも負け。優勝者の望みがかなうことになります」

「そんなあ……」

困り顔になったファラに、プラティアが笑って目を細くする。

「大丈夫です。ベルカーニュの女性はめったに海に入る機会がないので、『海だめし』に便乗《びんじょう》して海に入りたいだけです。おふたり以外に本気で泳ぐ人はおりませんわ」

どうやら『海だめし』とは、お祭りの面もあるようである。

色とりどりの花火が、青空に上がり、七色の煙が花のように開いた。

それが『海だめし』をしらせる合図だった。

スタート場所は、伝統にならって、南の浜辺にある『決断の丘』だ。

ひさしぶりの開催とあって、島じゅうの人間が南の浜辺に集まってきた。

「水着〜水着〜。新しい水着はいかがでしょうか〜」

商売熱心なミニマは、人々のあいだをねり歩いては水着を売っている。

宣伝のために自分もベルカ染めの水着を着ていた。

「あ、キールさんだ！」

ミニマは、人ごみから離れたところで、本を読んでいるキールを見つけた。

キールはまるで顔を隠すようにしながら、本を音読している。

「ちなみに『海だめし』の歴史は古く、はっきり記録に残るものとしては520年前、ベルカ島の娘・何某とスリシュ島の村長の娘がひとりの男をめぐって争ったものが最初とされており――」

目の前をきわどい水着の女たちが通りすぎ、キールはますます顔を隠してしまう。

キールはベルカーニュの風俗・文化に学術的な興味をいだきはじめていた。

だから『海だめし』も民俗学的見地から、見ておくべきと判断したのだ。

あくまで知的探求心のなせる業だった。

もっとも、いざ来てみたら水着の女性だらけである。

目のやり場に困ったキールは、本を読むことにしたのだ。

「また、それ以前にも領主の座を巡って『海だめし』が行われたらしいとの話もあり――」

「キールさん、でしたよね？」

声をかけられて、キールはギョッとなる。

小麦色の肌《はだ》もあらわな、ミニマが近くにいたからだ。

「き、君はたしか、ハリケーンの時に宿屋《ホテル》に来ていた……」

「ミニマです。お飲物でもいかがですか？」

「い、いやっ、遠慮するよ」

あわてて目をそらすキールだが、そこにはメルディが立っていた。

しかもかわいい水着を着ていたもんだから――

「おわっ！」

キールは思わず後ろを向いてしまった。

「プラティアさんに古い水着を貰《もら》ったよー。なあキール、メルディ、水着似合うか!?」

「水着については専門外だ」

やっとのことで答えたが、キールの不幸はまだ終わらない。

べんべん!

調子はずれのリュートを弾きながら、水着姿のコリーナがやってきたのだ。

「海だめし ああ海だめし 海だめし……うーん、素敵な詩が生まれそうな予感です」

べつにわざとじゃないんだけど、キールの目の前で体をくねくねしやがった。

もはやキールは言葉もない。

ただただ読書のフリをするだけだ。

しかし、最後の砦《とりで》である本が、いきなりヒョイっと奪われた。

「いッ!?」

本を奪ったのは、プラティアだった。

「私も『海だめし』に参加することにしました」

プラティアは意外なことに、ダイナマイトボディであった。

「ミニマちゃんから新しい水着買ったんだけど、どうかしら?」

モデルよろしくポーズをとったのが、キールにトドメをさした。

「うーん……」

ふーっとその場で気をうしなってしまうキールであった。

驚くメルディたちの周囲で、ドッと歓声があがる。

見れば『決断の丘』をのぼるエクスシアの姿があった。

側近を従えたエクスシアは純白のうすい衣を海風になびかせている。

時を同じくして、砂浜には、ファラとマローネがあらわれた。

ふたりともスポーティーな水着を身につけて、顔には闘志をみなぎらせている。

「どっちが勝っても恨みっこなしだよ」

「すこしは戦士の心得を知るとみえる」

いよいよ決戦の時が来た。

ファラとマローネ、ふたりの目の前には、大海原がエメラルド色に輝いている。

3　闘いの果てに

『決断の丘』に設けられた飛び込み台にエクスシアが立った。

エクスシアは大海原にむかって宣誓《せんせい》をおこなう。

「我、海に問う。ファラ・エルステッドとマローネ・ブルカーノ、いずれが正しきか。あるいは共に正しからざるか」

砂浜ではファラとマローネが緊張した面持《おもも》ちでスタートを待っていた。

メルディやコリーナ、そして島の女性たちは、楽しそうに開始を待っている。

さきほどは気絶したキールも復活して、古式ゆかしい儀式のはじまりをながめていた。

「なるほど、ベルカーニュでは海を神に近しい存在とみなすようだな。これは興味深い」

エクスシアの宣誓はつづいて――

「大いなる海よ、その力をもって、正しき者をより早く我がもとへ導きたまえ!」

宣誓を果たしたエクスシアは、バッと衣を脱ぎすてた。

褐色《かっしょく》の肌《はだ》を隠していたのは、白い帯状の布を巻いただけの水着だった。

均整のとれた体は、まるで美しい女神の裸像を思わせる。

しかし、キールには目の毒であった。

キールはエクスシアの姿にあっと小さな叫び声をあげると、

「うーん……」

と、またしても気をうしなってしまった。

もっとも、驚いたのはキールだけではなかった。

浜辺にいるメルディも目を丸くして、

「バイバ！　あんな水着、泳いだらすぐに脱げるよー」

よこにいたプラティアがそれについて説明してくれる。

「あれは脱げるようになってるんですよ」

直後にエクスシアは飛び込み台から宙に舞った。

「海よ！」

叫んだエクスシアの見事なダイビングが決まる。

ややあって、エクスシアの水着が海面へと浮かび上がってきた。

続いてエクスシアが顔をだして、

「己《おのれ》が正しきと信じる者は、ベルカーニュの島々をめぐり、この布を手にし給え！」

貝笛《シェルホルン》の音が高らかに鳴りひびき、ついに『海だめし』の始まりだ。

ファラとマローネが海に向かって走り出した。

島の女性たちが、黄色い歓声をあげて後に続く。

砂浜にはプラティアが残り、メルディに説明の続きをしている。

「つまり、島でもっとも身分の高い女性か、もしくはその代理人が立会人となり、自《みずか》らの着衣の一部を海に浮かべて、それを手にした者を勝者と定める事になっているんです」

「あの水着をとればいいのか？」

「そういうことです」

そこへコリーナとミニマがやってきた。

「メルディ、はやく泳ぐです」

「はいな！」

「プラティアさんもいきましょう！」

「ええ、もちろん！」

一同は海へと駆け出していく。

このころには、ファラとマローネは、すでに沖をものすごい速さで泳いでいた。

ファラはなかなかの泳ぎっぷりであった。

対するマローネも負けてはいない。

ふたりの先頭争いは、まさに一進一退《いっしんいったい》である。

だが、ここに意外なる第三の泳ぎ手があらわれた。

「ワイール！　メルディもがんばって泳ぐよー！」

犬かきみたいな泳ぎ方をしたメルディが、ものすごい速さで後方からやってきたのだ。

「なんだと!?」

「メルディ!?」

唖然《あぜん》となったマローネとファラを追いぬいて、メルディが先頭におどり出た。

一騎打ちだと思ったのに冗談じゃない。

ファラもマローネも、あわててメルディの後を追いかける。

クィッキーといっしょに浜辺でその様子をながめていたキールも驚いている。

「メルディがあんなに泳ぎが得意だったとは……」

「クィックー」

なぜかクィッキーまでふんぞりかえってえばっていた。

苦笑いを浮かべたキールが、メルディを見て、「あっ」と声をあげる。

メルディは、沖に浮かべられた目印のブイをこえて直進しはじめからだ。

「メルディ、左だ、左！　そっちじゃない！」

「クィックイッ、クィッキー！」

キールとクィッキーが報《しら》せるが、この距離では叫べども届かない。

「ワイール！　海だめし、楽しいよ～！」

やがてメルディの姿は水平線の彼方に消えた。

それを見届けたファラとマローネが泳ぎながら言葉を交わす。

「やっぱり、あなたとの一騎打ちになりそうね」

「いいや、私の独走だ」

「言ったな！」

ふたりはふたたびスピードをあげて泳ぎはじめた。

ふたりは一進一退をくりかえしながら泳ぎつづけた。

やがて、ファラが少しだけ遅れをとるようになっていった。

その差が明確にあらわれたのは、四つ目の島をこえたあたりである。

マローネがふりむいてファラをからかう。

「そんなものか？　やはり口だけ女だな！」

「ゴールまではまだあるでしょ！　すぐに逆転してやるんだから！」

「あいかわらず口だけは達者だな」

「すぐ証明してあげるわよ。口だけじゃないって……」

その時、ファラの体が叫ぶ間もなく海中に沈んだ。

まるで何者かに引きずりこまれたようだった。

「口だけ女！」

マローネは気配を感じて、自分の足下の海中を見やった。

怪しげな触手が伸びてくるのが見えた。

次の瞬間、マローネもまた、海中に引きずり込まれた。

海中に引きずり込まれたマローネの目の前に、巨大な生物がヌッとあらわれた。

オーシャンフロッグ——海洋に生息するモンスターである。

このベルカーニュの海域に分布しているオーシャンフロッグは、肉食性の海洋両生類で、長い舌先に無数の触手を有し、動くものならとりあえずなんでも口にいれてしまうという貪欲《どんよく》なモンスターであった。

オーシャンフロッグは、ファラとマローネを餌《えさ》とみなして、攻撃を仕掛けてきたのだ。

ファラはすでに息が続かずにもがき苦しんでいる。

マローネがファラにからんだ触手に狙いをさだめて、

「掌底破！」

炸裂する掌底破に、オーシャンフロッグはマローネを解放した。

だが、オーシャンフロッグはしつこい性格だった。

一度は手放したファラと、対峙《たいじ》するマローネに対して、ふたたび触手を伸ばしてきたのだ。

ファラはなかば意識を失った状態だ。

ここはひとりでやるしかない。

マローネは巧《たく》みな泳ぎでオーシャンフロッグの顔に接近して、

「飛燕連脚《ひえんれんきゃく》！」

オーシャンフロッグの顔に蹴りが炸裂《さくれつ》する。

だが相手はわずかに顔をしかめただけだ。

水中だと効き目が薄いのだ。

ならば、とマローネは、精神を集中させると、気をためて——

「双撞掌底破《そうどうしょうていは》ッ！」

その直撃を受けたオーシャンフロッグがさすがにたじろいだ。

マローネはここぞと、ファラを抱き寄せ、海上へとむかった。

マローネとファラは海面に顔を出した。

「大丈夫か？　口だけ女！」

「口だけじゃないってば」

むせながらこえたるファラに、どうやら安心だとマローネは安堵《あんど》する。

だが、ホッとしたのも束の間であった。

オーシャンフロッグが海面にあらわれたのだ。

「三散——」

攻撃をしようとするファラだったが、オーシャンフロッグの起こす大波にあおらてしまう。

「踏ん張りがきかない場所では効果はない！」

「海の上じゃ無理だよ」

「剣さえあれば……」

オーシャンフロッグはカッと口を開き、舌をのばしてふたりに襲いかかる。

逃げようとするふたりだが、大波に翻弄《ほんろう》されてそれもままならない。

舌先から放たれる触手がふたりに迫る。

「！」

ふたりが息を飲んだ——その時である。

聞きおぼえのある咆哮《ほうこう》が空より響《ひび》いた。

「あれは」

見上げたファラが声をあげる。

上空から急接近する影。

それは——

「バロッサ！」

飛来したバロッサは、ふたりを脚でつかむと急上昇した。

「ありがとう、バロッサ！　おかげで——」

ファラは思わず言葉をのみこんだ。

飛翔するバロッサの羽根の付け根あたりに、包帯が巻かれていた。


バロッサは、近くの無人島の浜辺に着陸した。

そして、そのままぐったりとなってしまった。

マローネがあわてて包帯を巻かれた箇所に近づいて、

「なぜあんな無茶したんだ！　おまえまでやられるところだったんだぞ！」

包帯をはずすと——そこの表皮にかなり大きな傷があった。

「ケガ……してたんだ……」

「……このあいだのハリケーンでな」

ファラが思わず「えっ」となる。

マローネは荷物の中から、薬草とおぼしき葉をとりだしながら、

「この近くの無人島にかくまっておいたんだが……」

「マローネの危機を察知《さっち》して、飛んできたんだね」

つぶやいたマローネはハッと気付いた。

「それじゃあ、私たちにバロッサを貸したくないって言ってたのは……」

「……ほんのちょっと飛ぶのだってそうとう苦しいはずだ」

「どうして隠してたの！」

「おまえには関係ない」

「わたしだって看病の手伝いぐらいしてあげられたのに！」

「なるほど……そうやって恩を売って、大陸まで運んでもらおうって算段か？」

「見損なわないで！」

ファラが声を荒らげた。

さすがのマローネも、かすかにびくんとなって、ファラを見た。

ファラはじっとこちらを睨んで、言った。

「わたしはバロッサが心配なだけだよ」

こんどは優しい口調だった。

マローネは、一瞬、ファラのまっすぐな気持ちに動揺した。

だが、心の動きを感じとられまいとして、わざと投げやりな態度をとってしまう。

「バロッサの主人は私だ。どうしようと私の勝手だ」

「な、なんですってっ！」

ファラの頭に血がのぼった。

「バロッサがどうなってもいいって言うの⁉」

「ああそうだ！　煮ようと焼こうと私の勝手だ！」

ふたりは険しい顔で睨み合いとなる。

と、バロッサが急に甲高《かんだか》い声で啼《な》いた。

「えっ⁉」

マローネが緊張する。

いまの鳴き方は警戒《けいかい》をあらわす声色だった。

その時である。

沖合の海面がみるみる小山のように盛り上がると、やがてそこから、オーシャンフロッグが姿をあらわしたのだった。

オーシャンフロッグは本当にしつこい性格だった。

また、その姿のおぞましいこと。海中にいる時はさほど目立たなかったのだが、浜辺に近づくと、ヌメヌメとした体表がなんとも不気味であった。

オーシャンフロッグの姿を見たバロッサは、咆哮をあげて立ち上がろうとする。

「無茶するな、バロッサ！」

だがバロッサは立ち上がることが出来なかった。

オーシャンフロッグは、ギラリとバロッサを睨んだ。

どうやらまず最初の餌として手負いのバロッサを選んだらしい。

カッと口を開くと、舌をもの凄い勢いで飛ばしてきた。

「危ないっ！」

ファラが叫んだと同時に、マローネがバロッサの前におどり出て、

「臥龍空破《がりようくうは》〜〜〜っ!!」

炸裂するマローネの攻撃が直撃して、舌が撃退《げきたい》された。

ファラは思わず嬉しくなった。

口ではひどいことを言っても、やっぱりマローネはバロッサの身を案じていた。

そのことが嬉しかったのだ。

舌をおさめたオーシャンフロッグは、地響きをあげてこちらに向かってくる。

舌での攻撃が通じぬなら、ぺしゃんこにしてから召し上がるつもりらしい。

ファラはマローネのとなりに飛び出して、

「なんだかんだ言っても——掌底破！　バロッサのことが心配なんじゃない——三散華！」

「バロッサがいなくなると——連牙弾！　移動手段がなくなるからだ——飛燕連脚！」

ふたりはおしゃべりしながらの攻撃だ。

「いくら悪ぶったって、もうダマされないいんだから——飛燕連脚！」

「黙れ、口だけオンナ——連牙弾！」

「そっちだって——口だけオンナ！」

マローネが「えっ？」とファラを見た。

ファラが笑顔で言う。

「憎まれ口をたたくにしては、けっこういい奴だってこと」

マローネは目を丸くして——そして苦笑いを浮かべた。

そんなふたりを邪魔するように、オーシャンフロッグが咆哮をあげた。

ファラとマローネは、互いにうなずきあうと、息をあわせて——

「飛燕連脚!」

声をそろえての同時攻撃に、さしものオーシャンフロッグも退却するのだった。

戦いおえたマローネとファラは、近くの洞窟《どうくつ》にバロッサをかくまった。

横たわるバロッサは、安堵の色をうかべて、翼を休める。

「わたしたちもお見舞いにくるからね、がんばって傷をなおすんだよ」

ファラはバロッサの体にやさしく手をそえて言った。

「………ありがとう」

マローネがポツリと言った。

「え……?」

「バロッサが、そう言ってる」

照れかくしにそっぽを向いて答えるマローネだった。

ファラは嬉しさをにじませて、

「さあ、戻ろうか？」

「そうだな」

ふたりは笑顔をかわすと、沖に出て『海だめし』を再開する。

だが、しかし——!!

そんなふたりの姿をギラリと睨む怪しい瞳があった。

島の裏手に退却した、オーシャンフロッグである。

再三にわたって述べているが、奴は本当にしつこい性格だった。

一度ねらった獲物は、食べちゃうまで気がすまないのだ。

さきほどファラたちから受けた傷もすっかり癒《い》えた。

今度こそふたりを食べちゃうぞ。

そんな決意を込めて、声のかぎりに咆哮をあげる。

その時である——!!

「あ〜〜〜っ、もうっ！」

近くの草むらの中から起きあがったのは——リッドだった。

リッドは空をながめる場所として、この無人島を選んでいたのだ。

「さっきからうるせぇんだよ！」

一瞬「はい？」っとなったオーシャンフロッグに、リッドの剣が炸裂する。

「魔神千烈破《まじんせんれつは》！」

その攻撃をまともに喰らったオーシャンフロッグは、悲鳴にも似た咆哮をあげると、水平線の彼方にまで猛スピードで逃げていった。ここまでみんなからボコボコにされれば、どんなにしつこい性格でも、この海域に近づくことはもうないだろう。


ベルカ島の『決断の丘』では、ファラとマローネの到着を、みんなで待っていた。

女たちは浜辺で遊んでいて、ほとんど海水浴場のようである。

ミニマはここぞとばかりに、

「冷たい飲み物、かき氷などはいかがでしょうか？」

またも商売を始めている。

浜辺に立ったキールが、海に浮かぶエクスシアの水着を眺めてつぶやく。

「おそいな、ファラたち……」

「そろそろだと思うんですが」

ふとかたわらを見れば、水着姿のプラティアが心配顔で沖を見ていた。

キールはまたまた赤面して、本で顔を隠す。

その時、海の彼方から人影が近づいてきた。

「あれは……!!」

人々の目も一斉《いっせい》にそちらに向いた。

泳いでくるのはメルディだった。

水平線の彼方まで泳いだメルディは、途中で気付いて正規のコースに戻っていたのだ。

人々が驚きにどよめく中で、メルディは勝者の証たる水着をつかんだ。

「ワイール！　メルディいっちゃーくだよ～！」

人々の歓声がわき起こる。

その声は――近くまで来ていたファラとマローネの耳にも届いた。

「メルディが……優勝したみたい」

「そのようだな」

呆気にとられた二人は、やがて、笑い出した。


こうして『海だめし』は終わりった。

貝笛《シエルホルン》のファンファーレが鳴り響く中、表彰台にエクスシアがあらわれる。

「優勝者、こちらへ……」

「はいな！」

エクスシアの前に、クィッキーを頭に乗せたメルディが進み出る。

「海は汝《なんじ》を正しき者と定めました。さあ願いをいいなさい」

「ん～と…」

迷いの表情となるメルディは、周囲を見わたして、ファラとマローネを見つけた。

そして、元気な声でふたりに呼びかける。

「ファラ！　マローネ！」

「えっ？」

「なんだ？」

名前を呼ばれたふたりは思わずキョトンとなった。

メルディがにっこり笑って――

「メルディのお願い、ファラ、マローネ、仲良くするよー」

一瞬、ファラもマローネも、呆気にとられる。

やがて二人は、互いの顔を見て、くすりと笑うと答えた――

「わかりました」

「約束しよう」

なかば冗談で、でもけっこう本気で、仰々しくメルディに頭を下げるふたりだった。

「ワイール！」

大喜びとなるメルディのそばに、コリーナがいきなしあらわれて叫ぶ。

「やっぱり『海だめし』は最高です！」

人々の歓声がわきおこった。

その中でキールも微笑ましい気持ちとなってみんなを見守っている。

ふと、思い出した。

「そういえば……リッドはどうしたんたっけ？」

リッドは新たな無人島に上陸を果たしていた。

空をながめるのにピッタリの草原を見つけて、用心深く周囲を確認する。

「虫はいねえ…人間もモンスターもいねえ——よーし、ここだ！」

満面の笑みを浮かべて、草原に大の字になった。

「ここなら、今度こそ、静かに空をながめられるぞ」

と空を見上げてギョッとなった。

上空に入道雲がドド～ンと浮かんでいたのだ。

「あ……」

その時だった。

ザ～～～ッ！

いきなし雨が降り出した。

南方によくあるスコールである。

「………何でだよぉ」

とかく世の中というものは、ままならないものである。

第五章　歌姫たちの挽歌

1　夢で見た故郷

リッドたちがベルカーニュに来てから七度目の朝がやってきた。

『海だめし』以後、ファラは島からの脱出を声高に言わなくなった。

いそぐ気持ちはあったが、焦る気持ちではないといったところである。

リッドはあいかわらずマイ・ペースだった。

メルディは、コリーナとよく遊んでいた。

そしてキールは、その学術的な好奇心を、島独特の文化へとむけはじめていた——

「知的探求心あふるるぼくにとって、朝のすがすがしい空気はなによりの清涼剤だ」

朝もやが微《かす》かにたなびくベルカ島の大通りで、散歩をしていたキールがひとりつぶやいた。

朝市でも見学しようかと思って、歩き出したが、すぐに立ち止まって、

「あれは……？」

町の向こうに立っていた石塔が目に入ったのだ。

こけむした石塔はかなり古い遺跡である。

博学なキールから見ても、その建築様式は珍しいものであった。

「……メルニクス文明の遺跡か？　それにしても、これまで発見されたどの遺跡にも属さないものだ。ましてや郊外《こうがい》ならいざしらず、こんな都市部に遺跡があるとは珍しいな」

しげしげと遺跡をながめていると——

「キール〰〰っ！」

クィッキーを頭に乗せたメルディが大あわてで駆けてきた。

「ファラが、みんなに相談があるって言ってるよー」

「相談……？」

どうやら、いつもと様子がちがうようである。

宿屋《ホテル》ウラヌスのプールサイドにリッドたちが集まっている。

リッドもキールとおなじように、ファラから呼びだされたのだ。

「で、相談ってなんだよ、ファラ」

「みんなで船をつくろうよ！」

「ふねぇ!?」

はからずも声がそろってしまうリッドたちであった。

「だって、いつまでもこのベルカーニュにとどまっているわけにはいかないもん。だけど島にある船は使えないし、マローネのバロッサだってケガをしてて飛べないし……だからわたしは決心したんだよ。みんなで船を造ろうって！」

やる気まんまんといった風《ふう》のファラを、リッドが思わず制して――

「ちょっと待てよ。船をつくるなら専門の職人がいるだろ？」

「この島の船大工さんたちは手一杯で誰にも頼めないから自分たちでやるっきゃないの」

プールサイドのビーチベッドでは、肌を焼くマローネがやりとりを聞いていた。

はりきるファラの声が、マローネには心地よい。

ファラはてきぱきと指示をあたえる――

「リッドとわたしは材料の調達。キールは船の設計をお願いね」

「メルディはなにするか？」

「キールのお手伝いをたのむね」

「はいな！　メルディがんばるよー」

元気に答えるメルディの頭の上で、クィッキーも「クキッ！」と返事をした。

そんなメルディとは裏腹に、リッドとキールはあまり乗り気ではないようだ。

「材料の調達だなんて、面倒くせえなあ……」

「こっちだって遺跡の調査を……」

ボヤくふたりの前に、ファラがズン！　と進み出た。

「なんか言った？」

リッドとキールはギクリとなる。

こういうイケる状態の時に、ファラに口ごたえをすると、ロクなことはない。

ふたりは、ひきつった笑顔でうなずくのだった。

さっそくリッドたちは行動を開始した。

リッドとファラは、島で材木をあきなう店をあちこち巡り歩いた。

キールは船の設計をするために、まずは船の基本構造の勉強をはじめた。

メルディは、キールのお勉強の手伝いにいそしんだ。

そして夜になった。

一日じゅう歩き回って、部屋に戻ったリッドとファラはへとへとである。

「材木って意外に高いんだな」

ぐったりとしたリッドが長椅子《ソファ》につっぷしてボヤいた。

かたわらではファラも寝台《ベッド》に寝そべって、棒のようになった足をさすりながら、

「明日はもう少し遠出をしてみようよ」

そこへキールが戻ってきた。

「二人とも、ずいぶんと疲れているようだな」

「あたり前だろ。そっちとちがって一日じゅう歩きまわってきたんだからな」

「ぐー」

返事のかわりに寝息が聞こえてきた。

見ればキールはいつの間にか床に崩れて爆睡していた。

驚くファラたちの前に、これまたヘロヘロのメルディがやってきて、

「メルディも、本いっぱい運んで疲れたよー」

キールは慣れない船の設計にあたり、一日じゅう読書にふけったのだ。

勉強好きの彼も造船工学などという未知の分野にかなりの苦労をしたようだ。

ファラがぐったりしたままでみんなに呼びかける。

「とりあえず、今日はもう休もうよ」

こうして、リッドたちはいつもより早く床についたのだった。


そして深夜――宿屋《ホテル》ウラヌスの窓のひとつが青い光にそまっていた。

ファラとメルディの部屋である。

昼間の疲れもあって、ぐっすりと眠るファラのかたわらで、その光が明滅している。

それは、メルディのエラーラから発せられていた。

エラーラは、セレスティア人が強くいだいた感情を、光の色によってあらわすことがある。

赤い光は怒りなどの激しい感情。そして青い光は、晶霊術をつかう時や、誰かに思念をおくる時といった精神を集中した時に生じるという。

「ワイール……」

寝言をつぶやくメルディは、夢を見ていた。

夢に集中して、青い光が生じたようだ。

メルディの見ている夢は、懐かしき故郷、セレスティアの景色だった。

夢の中でメルディは岬《とりで》の砦に立っていた。

眼下には、満天の星空にも似た、セレスティアの夜景が広がっている。

その景色をながめていたメルディはしみじみとした表情となってつぶやく。

「メルディ、帰ってきたんだな、セレスティアに……」

背後に人の気配がした。

ふりむいたメルディは思わず声をあげる。

「ワイール！」

そこには白髪白髭の老人の姿があった。

メルディが顔を輝かせてその名を呼ぶ。

「ガレノス！　逢《あ》いたかったよー!!」

歓びに両手を広げて駆け出すが——ガレノスの姿は闇の中へと消えていく。

ガレノスばかりではなかった。

懐かしきセレスティアの景色もまた、幻《まぼろし》のように消えていった。

闇の中にひとり取り残されたメルディが叫ぶ。

「バイバ！　待ってよーガレノス！　行かないでよー!!」

同じ言葉を寝言で発するメルディは、眠ったまま、涙をこぼしていた。

心配そうにその顔をのぞきこんだクィッキーがメルディをツンツンとつつく。

だが、メルディは目覚めることなく、哀しい寝顔でつぶやいた。

「帰りたいよー、セレスティアに………」

それは、異国の地にたったひとりで生きる、セレスティア人の哀《かな》しい気持ちだった。

2　働けど働けど

翌日の午後、キールは完成した船の図面をメルディに見せた。

きのうの猛勉強のかいもあって、図面はことのほか早く仕上がったのだ。

「どうだ、ぼくの設計は？」

「はいな……」

答えるメルディは心ここにあらず、といった風である。

図面も見ないで生返事をされたものだから、キールはすこしカチンときて、

「設計図の出来映えはどうだと聞いているんだ」

メルディはハッと我にかえって図面をのぞき込む。

小型の帆船《はんせん》の図面が目に飛びこんできた。

「これって……？」

「ぼくの設計した帆船『キール・ツァイベル号』さ。船の設計は初めてだったけど、やってみれば意外と簡単だったよ」

「この船が出来たら、また旅を始められるか？」

「もちろんさ」

「ワイール！　メルディ、早くセレスティアに帰りたいよー」

小躍りして喜ぶメルディである。

だが、ファラの沈んだ声がした――

「残念だけど無理かもよ……」

「え?」とメルディがふりむくと、肩を落としたファラと、リッドの姿があった。

「どうして無理か?」

「それが……」

ファラによれば——材木が手に入らないというのである。

原因はベルカーニュ全域での材木の急激な値上がりにあった。ハリケーンの被害からの復興のために、大量の材木が必要となり、値段が跳ねあがっていたのである。

話をきいたメルディが哀しい顔でつぶやく。

「そんなの、ないな……」

それならばとキールが身を乗り出して、

「シーパンサーを倒した時の賞金があったろう?」

「それが、ちょっと足りないの」

そう答えるとファラは頭を抱えて——

「弱ったなあ。あともうちょっとお金があれば、なんとかなるんだけど……」

ぼやくファラの後ろでは、リッドがなにも言わずに立ち去っていった。

なにやら考えがあったようにも見えたが、思い悩むファラたちは気付かない。

「せっかく夢見たのにな……セレスティアの夢、見たのにな……」

つぶやくメルディの顔が、なんとも寂《さび》しげだった。

「そうですか、メルディちゃん、懐かしい故郷の夢を見たですか」

宿屋《ホテル》ウラヌスにほど近い砂浜でコリーナが言った。

かたわらのメルディはこくりとうなずいて、

「夢でガレノスにも逢ったんだよー」

「がれのす？」

「メルディを育ててくれた、とてもえらい晶霊技師ね。とてもとても懐かしかったんだな」

小さな笑顔を浮かべたが、すぐに哀《かな》しい顔になって、

「でも……お金が足りないから、お船は造れない……」

コリーナは落ち込むメルディをじっと見詰めて、

「その寂しい気持ち、わたしもちょっちわかるような気がするです……」

「コリーナもか？」

「ほえ？」

「コリーナも、帰りたいところにあるのに、帰れないか？」

「そ、そりは……」

こたえあぐねたコリーナは、急になにかを閃《ひらめ》いて立ち上がり、

「そだ！　わたしもメルディたちの力になってあげるです！」

「ホントか？」

「もちろんです！」

「ワイール！　ありがとな、コリーナ！」

笑顔がもどったメルディは、コリーナにひっしと抱きついた。

と、喜んだのも束の間、メルディはハタと気付いてたずねる。

「だけど……」

「ほえ？」

「コリーナ、お金たくさん持ってるか？」

「あ……………」

冷や汗をうかべて固まってしまったのが答えだった。

いくら力になるといっても、コリーナもそんなにお金を持っていなかったんである。

その時、遠くから声が聞こえてきた――

「アイスクリーム〜〜っ、冷たくておいしい、アイスクリームはいかがですかぁ〜〜〜っ」

向こうでミニマがアイスクリームを売っていた。

それを見たコリーナが、またも閃いた。

「そだ！　わたしってば、いいこと思い付いたです！」

ミニマは浜辺の近くに露店がならぶ路地《ろじ》へとやってきた。

そこへ、メルディとコリーナが小走りにやってきた。

「ミニマちゃぁ〜ん！」

「あら、コリーナさん。どうかしましたか？」

たずねるミニマにコリーナが相談をもちかける――

「実は、ベルカーニュいちの働きものであるミニマちゃんに、ひとつお願いがあるです」

「なんなりと？」

「わたしとメルディに臨時《アルバイト》の働き手を世話してほしいです！」

「臨時の働き手《アルバイト》、ですか？」

予想だにしなかったコリーナのお願いに、ミニマも驚いた。

コリーナとメルディは、これまでのいきさつをミニマに伝えた。

ふむふむ、と聞いていたミニマは、ハタと手を打って答える――

「なるほど、お金が要りようだって事は判りました。それならこれをお貸ししましょう！」

小さなメモを差しだした。

「こりは？」

メモを開くと、さまざまなお店や人の名前と、その住所がズラリと記されていた。

「ベルカ島で臨時の働き手《アルバイト》を募集しているお店の一覧《リスト》です。そこに書いてあるお店なら、きっとすぐに雇ってくれますから」

「ワイール！　これでお金がかせげるよー」

「そうですね！」

嬉しさのあまりはしゃぐふたりの姿に、ミニマもにっこり笑顔になる。

「ミニマ、ありがとな」

「わたしからもお礼を言うです」

ぺこりと頭をさげるふたりに、ミニマも「えへっ」と照れ笑いになった。

コリーナはメモを手に大はりきりで、

「善は急げです！　さっそく今から働きに行くです！」

「はいな！」

元気に答えるメルディだった。


こうして、メルディとコリーナのアルバイトが始まった。

まず最初にふたりが選んだお仕事は――

「ベルカ・ミラーズへようこそ！」

声をそろえてふたりで決めポーズだ。

ふたりが選んだ職場は観光客向けのおしゃれな食堂《レストラン》であった。

島の人々のあいだで「かわいい」と評判の制服を着たふたりは、店の前で大はしゃぎだ。

「ここのお洋服っていちど着てみたかったです」

「どうかクィッキー、似合うか？」

どうやら店から抜け出して、外で待っていたクィッキーに見せにきたらしい。

と、店内から店長のダミ声が轟《とどろ》く。

「こらバイト！　なにやってる！」

「はあ〜〜〜い！」

ふたりは笑顔で店内へ駆けていく。

だが——そこから先はハチャメチャだった。

料理を落とすわ、飲み物もこぼすわで、お客さんたちから大ヒンシュクをかってしまい——

「クビだあ！」

「ごめんなさぁ〜〜〜〜い！」

声をそろえてあやまって、大あわてで逃げていくふたりであった。


つづいてふたりが選んだお仕事は——

「どうぞ、お試しくださいです」

「新発売のベルカ・ソーダよー」

新発売の発泡果汁飲料『ベルカ・ソーダ』の路上キャンペーンで売り子をすることだった。

おそろいの水着でとびきり笑顔のふたりであったが、道ゆく人たちの反応はいまひとつ。

「みんな振り向いてもくれないです」

それでも必死で呼びかけたが、やっぱり、お客さんはこない。

午後の日射しが容赦《ようしゃ》なくふたりにふり注いだ。

「メルディ、喉《のど》カラカラだよー」

「わたしもです」

ふと見れば、マスコットをつとめていたクィッキーが、ベルカ・ソーダを飲んでいた。

これがとても美味《おい》しそうだった。

ふたりの喉がゴクリとなった。

それからしばらくして――――様子を見にきたキャンペーンの主催者が腰をぬかした。

メルディとコリーナが、ベルカ・ソーダをくぴくぴ飲んでいたのだ。

「ぷはっ、暑い時はやっぱこれです」

「メルディ、もっと甘くてもいいよー」

二人して「げぷっ」となって、カラカラ笑っていたりしたからたまらない。

「クビだあ！」

「ごめんなさぁ〜〜〜〜い！」

ふたりはまたしても声をそろえてあやまりながら、その場から逃げていった。


今度こそ——と勇んで労働にいそしむメルディとコリーナは、顔を真っ赤にして、

「今度のバイトは……ちょっとちがう気が……するです……」

「メルディも……そう思うよ……」

ふたりはなぜか道路工事の現場にいた。

まわりには、筋骨隆々《きんこつりゅうりゅう》の男たちが「どりゃあ!」と気合いをこめている。

すごく、場ちがいである。

「ふにゃあ……」

過酷《かこく》な労働条件にたえかねて、ついにはダウンしてしまうふたりであった。


そうこうしているあいだに、夕暮れとなった。

道ばたに腰をおろして、これまでにかせいだお金を数えたのだが——

「思ったよりお金たまらないねー」

「世間はきびしいです」

稼いだ金は小銭ばかりだった。

「そだ！」

いきなりコリーナがぴょいん、と立ち上がる。

「どしたかコリーナ。なにかいいこと思いついたか？」

「じゃなくって……こんな世間のきびしさを詩にたくして歌うです」

メルディは「あらっ」とコケそになった。

コリーナはベンチに立って、

「ああ、働けど働けど、かせぎはカラキシ――」

ふいにその声がやんだ。

「どしたか？」

「ありを見てください」

コリーナが指さす町屋の壁に従業員募集と記された張り紙があった。

トリオニという名の酒場である。

3　トリオニの決闘

トリオニは宿屋《ホテル》ウラヌスの近くに位置するさびれた歓楽街の一角にあった。

この店の経営者は、ロンドという名のさえない中年男であった。かつては大陸で大きな酒場を経営していたのだが、事業の失敗で借金をかかえてしまい、この島に逃げるようにやってきたのが半年前。苦しまぎれに始めたトリオニが地元の漁師の評判となって、日々の生活にもようやく余裕が出はじめた現在では、この店を足がかりにして金をため、いつかは大陸に戻ってもう一花さかせようとたくらむ、欲深い精神の持ち主だった。

メルディとコリーナを一目見たロンドは、目を輝かせて――

「チミたち、スターになる気はないかね？」

「スターってなにか？」

「知らないですか？　人前で歌ったりおどったりする人気者のことです」

「メルディ、お歌もおどりも、大好きだよー」

「わたしもです」

「だったら決まった！　チミたちは今日からスターだ！」

ロンドはさっそくふたりに衣装をあたえると、音楽とおどりをふたりにレクチャーした。

これらはすべて彼が大陸で経営していた酒場で使っていたものだった。

そのころは金もあったので、衣装もかなり豪華だし、音楽もノリノリのものだ。

かくて開店の時間となった。

店の倉庫で着替えをすませたメルディとコリーナは、わくわくしている。

「もうすぐわたしたちのステージです！」

「メルディ、がんばるよ！」

ふたりして気合いを入れたその時、どこからか歌声が聞こえてきた。

しっとりとしたその歌声は、どこかで聞いたことがある。

「この歌ってもしかして……」

「メルディ、あの声、聞いたことあるよー」

店内の客たちは、歌に聞きほれている。

リュートを手に歌っているのは――マローネだった。

このトリオニは、マローネの隠れ家的な店だったのだ。

やがて、歌がおわって――聞き入っていた客たちから拍手がおきる。

島の若者がマローネに声をかけてきた。

「いい声だね、姉さん」

「酒場の座興《ざきよう》だ。ほめられたしろものじゃない」

「いや、そんなことねぇよ。ほんとうにいい声だった」

「ほめてるなら礼を言う。口説《くど》いてるなら聞く耳もたん」

サラリとかわすマローネに、声をかけた青年がガックリとなって、座の雰囲気がやわらぐ。

と、枯れ木のような老人が、マローネに酒をすすめてきた。

酌をうけるマローネに、その老人は優しい目をして語りかける。

「いまの歌は、ワシが若いころに、このベルカーニュで流行《はや》った歌に似ておったが……」

マローネの目が、かすかに鋭くなる。

「アンタもここの生まれかい？」

老人の問いに答えることは出来なかった。

店の楽団が奏でるファンファーレと共に、店主のロンドがあらわれたからだ。

「お集まりのみなさま。これよりショータイムです！　歌とおどりの華麗《かれい》なる魅惑《みわく》のステージをたっぷりとご堪能《たんのう》下さい。それでは、新人スターのメルディ＆コリーナ――」

マローネがギョッとなった。

「――張り切ってどうぞっ！」

幕が開くと、舞台にはフリフリ衣装全開のメルディとコリーナがいた。

かくしてふたりの華麗なる魅惑のステージ（？）の始まりだ。

呆然となったマローネの前で、メルディとコリーナの歌声が響く。

これが客たちに意外にウケた。

間奏となってこんどはダンスだ。

これがいよいよ大ウケである。

コリーナはすっかりいい気になって――

「わたしが受けてる……」

と思ったのだが、さにあらず。観客たちの声援はメルディにむけられていた。

「いいぞ、メルディちゃん！」

「こっち向いて、メルディちゃん！」

メルディは嬉々として声援にこたえて手を振ったりしている。

かたやコリーナ、ウルルと涙目で――

「わたしじゃないですぅ……」

こうして、ふたりのステージは終幕した。

だが、幕がおりても歓声は鳴りやまなかった。

その騒ぎの中で、マローネが席を立ち、店の奥へと去っていく。

「アイツら、子供のくせして……」

お灸《きゆう》をすえて、連れ帰ろうというつもりである。

そんなマローネの後ろ姿を、さきほど声をかけてきた老人が、じっと見詰めていた。

優しい目はもうしていない。

ひたすら鋭いまなざしで、去りゆくマローネを見ていた。

ステージを終えたメルディとコリーナは、店主のロンドに追い詰められていた。

お金をくださいと言ったら、ロンドが客の相手をしろと言ってきたのだ。

これに逆らったら、ロンドが怒りだしたのだ。

「銭《ぜに》がほしいなら、言うことを聞きやがれ！」

「や、やめるですぅ！」

「そばに来ないでよー!!」

悲鳴をあげるメルディを助けようと、クィッキーがおどり出た。

「クキーッ！」

クィッキーじまんのひっかき攻撃がロンドの鼻に炸裂する。

「イテテテッ！」

「やったです！」

「この野郎……人が下手に出りゃあつけあがりやがって……!!」

ロンドがついにブチきれて、ふたりに拳をふりあげた。

だが、その時――

「そこまでだ」

ロンドの背後から声がして、その頬にぴとっと刃《やいば》があてがわれた。

マローネがやってきたのだ。

「ワイール！」

「マローネさん！」

マローネはふたりをキッと睨み付けると、

「ここは子供の来る所じゃない。さっさと宿に戻れ」

そう言い放つと、こんどはロンドに――

「ひとつたずねる。お前はこの島の生まれか？」

「こ、こんなうす汚れたはなれ島、故郷であるわけないだろ！」

「だろうな。ならば手加減はしない」

マローネは剣を戻すと、正眼《せいがん》に構えなおした。

このスキにロンドはアタフタと逃げ出した。

マローネは不敵な微笑を浮かべて、そのあとを追いかけていく。

ロンドは店内のステージに逃げてきた。

ほどなく剣を手にしたマローネがゆっくりと登場する。

「なんだ？」

「今度は芝居か？」

客たちは酔いもあって呑気《のんき》なものだ。

ロンドは不敵な微笑《ほほえ》みを浮かべて、

「フフフ……ウチのような店になるとおまえみたいな奴を退治するために、専用に人を雇っているのだ」

「用心棒か。おもしろい」

「先生！　出番ですぜ、先生〜っ！」

ロンドが舞台の上手《かみて》にむかって声をはりあげた。

呼ばれた飛びでた用心棒。その姿を見たマローネが絶句する。

「お、おまえはっ！」

用心棒は——リッドであった。

剣を手にしたリッドも、相手がマローネとあって、目を丸くしている。

そこへロンドが駆けよって、

「さあリッド先生、謝礼は弾みます。ちゃっちゃっと片づけてください」

弱り顔となるリッドだが、どうやら決心したらしく、威厳《いげん》にみちた顔で答える。

「わかった」

そう言うと剣を抜いて――

「でやあああああああああ～～～っ！」

と気合いもろともマローネに斬りかかった。

マローネが剣でリッドの攻撃を受け止める。

するとリッドは、急にトホホな顔になって、マローネに小声で話しかけてきた。

「マローネ、わざとでいいから、負けてくんねぇかな」

「なんだと!? そもそも、なんでお前が用心棒なんぞやっている!?」

「くわしい話はあとだ。実は前金を貰《もら》ってんだ」

「私に芝居しろと言うのか？」

「頼むよ」

マローネの額にピキッと血管が浮かんだ。

かと思ったら、渾身《こんしん》の力でリッドを弾き飛ばして言い放つ。

「断る！」

両者、ふたたびガッと剣を会わせて——またヒソヒソ話だ。

「なんでだよ！」

「芝居とて敗北は不名誉だ！」

またまた、マローネがリッドを弾き飛ばす。

リッドは果敢《かかん》に攻め込む……フリをして、

「ちょっとだけならいいだろ！」

「よくない！」

両者の剣のやりとりは、ハタから見ていると、剣豪《けんごう》どうしの息詰まる戦いに見える。

ふたりとも剣の達人だから、当然といえば当然だ。

だが——

「マローネのけち！」

「けちとはなんだ、けちとは！」

小声でかわされる会話は、なんとなくへなちょこだった。

よもやふたりが知り合いなどと、夢にも思わぬロンドは、

「負けるな、リッド先生！」

声をからしての応援だ。

かたや客たちはステージ上での戦いに、

「いいぞ用心棒のアンチャン！」

「歌のうまいネーチャンも負けるな！」

大いに盛り上がっていた。


ステージの下手に、ダッシュで着替えをすませたメルディとコリーナがかけつけた。

ふたりは、目の前で戦うリッドとマローネの姿を見て、パニクってしまう。

「ぎゃふんです！　リッド様がマローネ様と戦ってるです！」

客たちの応援はますます盛り上がる――

「がんばれリッド先生！」

「負けるな用心棒！」

その声援を聞いたコリーナは、ますます混乱して、

「がちょんです！　リッド様ってこのお店の用心棒だったです！」

「た、大変だよー!!」

メルディもどうしていいかわからず、アタフタしてしまう。

「わたし、ファラさんたちを呼んでくるです!」

コリーナはあわてて外へと飛び出していった。


リッドとマローネ、一進一退《いっしんいったい》の攻防が続く。

エキサイトする客たちの声に、もはや小声で会話をする必要もなかった。

「そもそも、なんで店主に剣を向けたんだ!」

「アイツがメルディに悪さをしようとしたからだ!」

そんなマローネの答えに、リッドが「えっ?」となって、

「メルディだって……?」

「おまえ、この店の用心棒なのに、ふたりのステージを見ていないのか?」

「さっきまで、メシ食ってたから……」

答えたリッドは、ふと、周囲が静かなのに気付いた。

さきほどまで騒いでいた客たちが、水をうったように静まり返っていたのだ。

全員がおっかない顔をして——店主のロンドを睨んでいる。

「いッ!?」

戸惑《とまど》うロンドに客がズン！　と詰め寄って、

「きさま、よくもメルディちゃんをひどいめにあわせたな！」

「い、いや、そ、それは……」

「言いわけ無用だ！」

客たちは、ロンドを追いかけはじめた。

酔いと興奮もあって、みんな、殺気立っている。

リッドが顔色を変えた。

このままではケガではすまない、と悟ったからだ。

「マローネ、とめるぞ！」

「わかった！」

ふたりは客たちの中に飛び込んだ。

しかし、これがいけなかった。

興奮する客たちは、てっきり用心棒が自分たちを攻撃してきたと思ったのだ。

リッドに客たちが襲いかかる。

相手が島民では、リッドもマローネも本気になるわけにはいかない。

さりとて、抵抗しなければやられてしまう。

ふたりは手加減しつつも、パンチやキックで島民たちと戦い始めた。

中にはかなり酔ってる者もいて、敵味方のみさかいなく暴れる奴も出てくる始末だ。

かくしてトリオニは、収拾不可能な大乱闘となってしまった。

ただひとり戦いに参加しないメルディは、騒ぎをおさめるべく、晶霊瓶を手にした。

「《ワイトウーン イム ウンディーネ！》」

あらわれたウンディーネは酒場の騒ぎに不快そうな顔になって、

「どうしましたか？」

「みんなのケンカ、止めてほしいよー」

「ケンカ……人間のいさかいには興味はありません」

大晶霊たるもの、人の世界の出来事には、基本的には介入しないのだ。

だが、メルディの必死な顔を見たウンディーネは、

「しかたありませんね、今度だけですよ」

ウンディーネは比較的、人間というものに理解があった。

そのころ、店の扉を開けて、コリーナが店内を指さした。

「ありです！」

ファラとキールを連れてきたのだ。

ふたりは店内の乱闘さわぎに目を丸くする。

「なんなの、これ!?」

「あ、リッドとマローネがいるぞ！」

ふたりは襲いくる酔っぱらいと戦っていた。

コリーナが店内のかわりように目をパチクリさせて——

「あり？　さっきと状況がちがうよーな気がするです……」

つぶやいたその時だった。

「メイルシュトローム！」

店の奥から元気なメルディの声が響いた。

ややあって、聞こえてきた不気味な重低音に、その場にいる一同がギョッとなる。

次の瞬間、店の奥から大量の水があふれ出し、大波となって店内を飲み込んだ。

「えっ？」

「なんだと⁉」

息を飲むリッドとマローネに大波が迫る。

「どわあ〜〜〜っ！」

「うわああ〜っ！」

ふたりは波に飲まれた。

「リッド！」

「リッド様！」

おどろくファラとコリーナに、キールが叫ぶ。

「まずいぞ！」

ファラたちの目の前にも波がおしよせる。

「う、うそ！」

「ひえ〰〰っです！」

そしてファラたちも、波に飲まれた。

かくしてウンディーネの放ったメイルシュトロームによって、その場に居合わせた全員が外へと押し流されて——騒ぎはようやくおさまったのだった。

4　夢に見た故郷

ずぶ濡れになったリッドたちは、宿屋《ホテル》ウラヌスに帰ろうと、夜道を歩いていた。

ファラはものすごく怒っている。

「どういうこと、あんな酒場で騒ぎを起こすなんて！」

メルディとコリーナは小さくなった。リッドもまた然《しか》り、である。

「なんとか言ったらどうなの！」

「そう責めるな」

マローネが助け船を出した。

「三人とも、材木を買う金をかせごうとしていた……そうなんだろ？」

「……はいな」

「わたしも、メルディのお手伝いしようと思ったです」

「あなたたち……。リッドもそうなの？」

「まあな……」

ファラの顔から怒りがスーッと消えていく。

キールも苦笑いを浮かべて、

「そうだったのか」

「まったくもう……みんな、勝手な真似するんだから……」

ついには笑顔になるファラを見て、メルディもコリーナも、そしてリッドも笑顔になった。

嬉しい出来事はこればかりではない。

みんなのアルバイト代をたくわえに足すと、材木を買うのに足りる金額となったのだ。

「これで船が造れるね！　うん、イケるイケる！」

すっかり上機嫌になったファラであった。

夜のベルカーニュは星が美しい。

リッドたちは、宿屋ウラヌスに帰る途中で、砂浜で星をながめることにした。

ふと、コリーナがマローネにたずねる――

「マローネさん、わたし、トリオニで歌った歌を聞きたいです」

「え……？」

「わたしも聞きたいな」

ファラにそう言われて、マローネは星をながめながら、歌いはじめる――

沈む夕日　揺れる木陰《こかげ》が東に流れる
静かな黄昏《たそがれ》よ
夜に染まらないで　時間よ止まれ

何処《どこ》かで見た　少しさびれた懐かしい景色
同じ匂いがする
あの遠い日が刹那《せつな》に写る

もう戻れないよと
自分の心の隅で泣きじゃくる
忘れない　忘れられないと
泣きつかれて眠る

この心は覚えてる
この心は諦《あきら》めない

リッドは歌うマローネの横顔を見て、ふと思い出す。
真夜中にマローネが泣いていた、あの夜を。

マローネには、誰にも決して明かさない、哀《かな》しみを抱いているように思えた。

そんなリッドたちの姿を、木陰に隠れて見ている者たちがいた。

酒場にいた老人と、若者たちである。

老人はマローネを見詰めて、つぶやく。

「やはりそうだ。あの娘……我らが同志タステクの………」

その顔には、深い悲しみの色が見てとれた。

やがて、マローネの歌が終わって——キールがしみじみとした顔でつぶやく。

「まるで遠い故郷を懐かしむような歌だな」

「そうだよね」

答えるファラは、メルディとコリーナが、自分によりかかって眠っていることに気付いた。

ふたりともすやすやと寝息をたてて眠っている。

「……よっぽど疲れたんだな」

リッドが寝顔をのぞき込んで言った。

ファラもキールも、メルディを見詰める。

「さっきのマローネの歌といっしょだね。きっとメルディもセレスティアのことを……」

「……ああ、きっと帰れると信じているのだろう」

「帰れるさ……帰れるに決まってる」

リッドが深い瞳でそう言った。

夜空には満天の星空。その彼方にはメルディの故郷、セレスティアがある。

だが、望郷の念を抱くのは、メルディだけではない――

その者たちは、ベルカーニュの地下深くにあった。

赤銅《しゃくどう》の仮面と、白銀《はくぎん》の仮面。そして、両者を従えたる金色《こんじき》の仮面。

彼らはこの地にて、復讐《ふくしゅう》を目論《もくろ》んでいる。

二千年にわたる、インフェリアへの恩讐《おんしゅう》を晴らすために。

「いよいよ我らも動き出す時かと……」

赤銅の仮面の言葉に、白銀の仮面もうなずいて──

「大晶霊を有する者たち、リッド・ハーシェルたちは、いまだこの地にあり……」

その進言を受けた黄金の仮面が、瞳を輝かせる。

「祈りを捧げるが良い。我らが祖先の大願、今こそ成就《じょうじゅ》せしむるがために!」

怪しき仮面の者たちは、闇の中で天空を仰ぐ。

その彼方には忘れえぬ祖国がある。

決して忘れてはならぬ大地がある。

黄金の仮面が、声高らかに、彼らがたてまつる神の名を呼ぶ──

ネレイドの神よ！

——かくて次なる説話を待て。

あとがき

脚本と小説のちがいって何だろう?
最近、そのことばかり考えています。
技術的なことはそこそこ判るんです。
けれどそういうことではないのです。

物語はどんな媒体《メディア》にもあります。
脚本とか小説だけではありません。
ゲームにだって、CMにだって物語はあります。
それこそ歌にだって一枚の絵画にだってあります。
ただ、それぞれに取り組む気持ちは別なのでは?
そう思えてならないのです。

この作品は僕にとって大切な作品になりそうです。
シリーズ構成とノベライゼーションの両方をやったことは今までにもあります。
けれどここまで作品そのものについてだけをじっくりと考えたのは初めてです。
それを可能にさせてくれたのは原作となったゲームに内包《ないほう》された物語の深さです。
あらためて『テイルズ　オブ　エターニア』という世界の凄さを感じます。

さて、次はvol.2です。
心の中では、〆切をTV版の打ち上げパーティーの前日としています。
この作品にかかわったスタッフ・キャストのみなさんをながめながら
おいしいお酒が飲めると、いいな。

2001年3月

川崎トロユキ

この作品の感想をお寄せください。

あて先　〒101-8050
東京都千代田区一ツ橋2―5―10
集英社　スーパーダッシュ編集部気付

川崎ヒロユキ先生

前田明寿先生

JASRAC　出0103596-101

スーパーダッシュ

テイルズ オブ エターニア
——vol.1 南海の大決戦!

川崎ヒロユキ

集英社スーパーダッシュ文庫

2001年4月30日 第1刷発行

★定価はカバーに表示してあります

発行者
谷山尚義

発行所
株式会社 集英社
〒101－8050 東京都千代田区一ツ橋2－5－10
03(3239)5263(編集)
03(3230)6393(販売)・03(3230)6080(制作)

印刷所
図書印刷株式会社

ISBN4－08－630030－3 C0193

協力:(株)ジーベック